国家出版基金项目
NATIONAL PUBLICATION FOUNDATION

"十三五"国家重点出版物出版规划项目

诗歌·戏剧

舒群全集

第五卷

北方联合出版传媒（集团）股份有限公司
春风文艺出版社
·沈阳·

图书在版编目（CIP）数据

舒群全集. 第五卷，诗歌·戏剧卷/舒群著；周景雷，胡哲主编. —沈阳：春风文艺出版社，2023.7
 ISBN 978 – 7 – 5313 – 5875 – 6

Ⅰ. ①舒… Ⅱ. ①舒… ②周… ③胡… Ⅲ. ①中国文学—当代文学—作品综合集 ②诗集—中国—当代 ③戏剧文学—作品综合集—中国—当代 Ⅳ. ①I217.2

中国版本图书馆 CIP 数据核字（2020）第 206989 号

目 录

诗 歌

流浪人的消息 …………………………………003
黑人的小诗集 …………………………………006
旅程之上一页 …………………………………011
旅程之上一页（另一首）………………………013
卖花女 …………………………………………014
乞 妇 …………………………………………015
乞 儿 …………………………………………016
一老妇 …………………………………………017
夜 妓 …………………………………………018
夜 妓（另一首）………………………………019
卖 歌 …………………………………………020
我回来了 ………………………………………021
游子归来 ………………………………………022
祝 ………………………………………………023
中秋节 …………………………………………024
怕不怕 …………………………………………025
乡村的夏 ………………………………………026
待故国的信 ……………………………………027
赠 别 …………………………………………028

歌颂着莫斯科	029
相对的敌	031
工人夜歌	032
马上一语	033
霸王子孙	035
唤　醒	037
快　乐	038
大家的力量	039
田　野	040
夜　战	042
红　印	043
夜　吊	045
望野营	046
开始射击	047
我们的战线	048
披红人	049
别了故乡	050
没有奴隶	052
黑　人	053
写给敌人	055
在　故　乡	056
在　夜　深	083
北风送来的呼声	086
北风送来的呼声（另一首）	088
东北歌者的短歌	090
记忆与梦想	091
去吧，去到战场！	093
友人将去了	094
英雄曲（代序）	095
遥　念	097

七年祭 …………………………………………………100
没有祖国的孩子 …………………………………………103
英雄颂 …………………………………………………104
海　上 …………………………………………………107
生　长 …………………………………………………109
心的告白 ………………………………………………110
小诗六章 ………………………………………………112
五二〇之歌 ……………………………………………115
对于朝鲜义勇队公演的感言 …………………………116

戏　剧

过　关 …………………………………………………119
《没有祖国的孩子》（两幕剧）………………………133
路（独幕剧）…………………………………………142
吴同志（独幕剧）……………………………………155
东北人民大翻身（话报）……………………………168
海的墓 …………………………………………………176
寒衣（独幕剧）………………………………………208
逃避者 …………………………………………………220

诗　歌

流浪人的消息
——给松水的三郎与悄吟

（一）

飘落了南国的樱花，
长茂了塞上的荒草，
他们曾几度开凋，
把我的童颜逼老。

我提起我的手包，
戴上了已破的旧帽，
别了，别了，
或将永远地别了。
别了没有赠言，
可是，问一问，
故乡的松水无恙？
松水畔的友人无恙？

（二）

松江浪波滚滚，
塞外战气冲冲，

太阳依然射出热烈的光明,
在死城的一个角落里,
那时候啊,
那正是流浪途上的流浪人儿在会聚,
还记着吧。

刹那间,
又是落叶萧萧,北风飒飒,
冷淡淡的天,飘起片片的雪花,
人间最残酷的寒冬,
又紧迫着我们命运的不幸了,
唉……
那时候啊,那时候的遭遇,
我们现在该怎样地回忆着?

谁曾想风雪交杂中,
为了生活的压迫,
环境的驱使,
不得已我便匆匆地偷偷地,
在繁华的都市
——哈尔滨逃了出来。

别了,我们又一度地别了,
唉,
"生离终是胜于死别的",
将来或有再会的晚夕,
在未来的时光里等待着呢。

现在我的生活如昔,
生命之火,依然在炽,

有时还是感到莫名的苦闷
——前天还吃醉了一次，
我样样行动定在你们的记忆里，
有着深刻的印象。

今天早晨，无心打采地起来，正在洗脸，报差递过一份《大同报》，我看报向来是丢掉新闻栏的文字，仅仅看文艺版上的字句罢了，瞥见"三郎"的熟字，印在报的一端，这时候，我久枯的心海，又徐徐地波动了。

黑人写于机器房里
一九三三、三、三十洮南

黑人的小诗集

（一）

凛冽的寒风不住地吹，
吹着那细腰的身躯，
越发的显得苗条。
暗淡黄色灯光下
——徘徊的女人。
咳！
时代啊！
这都是残余的人们，
走在路上的行人，
都用死的目光向着她视来，
漆黑的天，
露不出来一丝的微笑。
夜深了！
只有徘徊的女人和黄包车。

（二）

追忆过去的往事，
惆怅，伤感，烦恼，丛集在内心。

月儿静静,
沉寂茫茫的深夜,
微微的星光,
寒风拂面的吹来,
觉得晓渐的寒意,
长征人儿,
重重的步声,
拖拖的黑影,
奔向着光照的途上迈进。

(三)

听着礼教堂的晨钟,
好似解脱了"人生的痛苦"
世间的一切都变了!
只有,奢侈,险诈,奸恶,
为人的心情,
都不可测摸,
变了!
没有礼教的观念,
不顾到一切,
都是为了罪恶。

(四)

沉寂灰白的天空,
笼着一层白濛濛的薄雾,
远远裹一切,
看都不到,
只是模糊的,

——漂泊的人儿,
为了应付一切,
只得到处地流浪。
淡淡的人生,
使人有些恐怖。

(五)

茫茫微微的星光,
照在那黑暗的道旁墙皮,
映成了一种灰黄色,
一伸腿——
把我惊醒了!
醉沉在"灯红酒绿"的都市,
花天酒地般过活着,
使人恐怖惊惧。

(六)

一切都是黑暗,
四周都被包围了!
挣扎的力量没有了,
只好屈服吧!
那些不耐人燥味,
真使人有些烦恼。

(七)

蔚蓝的天空,
照着白云浮浮地游动,

童真的年华逝去——

过去的往事，

使人惆怅，伤感，

飘零者的哀音，

青春时跑了！

白发和童颜！……

也随着一步一步地走向墓中。

（未完·缺）

（八）

个个人的心痕上，

都印着深深的疤痕。

使它们怀春的心情，有一定

的心怀，

灰白色天空中，

飞翔乳燕，

重重的落到，

那荒凉塞北的沙漠。

（九）

晚烟缠绕着，

黑洞洞的风，

听到不止的呼号和喘息，

找不到归巢的乌鸦，

呀……呀……地叫着。

凄怆的声音，

也是使世人流泪叹息！

夕阳的晚霞浑红。

（十）

月光从皎洁的天空里，
露出了一丝的微笑，
柳林梢头的月影，
渐渐地升高了！

（未完·缺）

旅程之上一页

我曾记得我当年漂泊的旅程,
我曾走到这远远的荒沙场,
渡过垒垒的关山万里的秋云,
沿着河畔丛丛的一条草径。

我伴着半识的朋友登上城墙,
远望着片片冢坟露宿的民众,
呵,
这露宿的民众世界上处处可寻,
我又走开,
踏下了斑斑的足痕。

我曾记得我今日漂泊的旅程,
我曾走到这远远的荒沙场,
呀,
我失迷了旧日的一条草径,
我又走开,
去探视踏下的足痕。

我却不知何时何地吹来的海风,
那海风,
把我当年沙上的足痕吹平,

远望着片片的冢坟尸骨暴露,
今日的世界,
却不知尚有几个春秋。

旅程之上一页（另一首）

我曾记得，当年生活的旅程，
我曾漂泊到这荒沙的场上，
是渡过叠叠的关山，万里的秋云，
沿着河畔丛丛的一条草径。

我伴着半识的朋友，登上土城，
远望着片片的荒冢，露宿的民众，
呵，这露宿的民众世上处处可寻，
我又走开，只踏下斑斑的足痕。

我曾记得，今日生活的旅程，
我曾漂泊到这荒沙的场上，
呀！我失迷了，河畔的一条草径，
我又走开，探询踏下的足痕。

我不知何时何地吹来的狂风，
那狂风把我当年沙上的足痕吹平，
远望着片片的荒冢，露宿的民众，
我知道贫困的世界这是末日到临。

卖花女

好热的天,
好热的夏,
在卖花女的柳篮里,
有好美丽的牡丹花。

死了妈妈,死了爸爸,
只有她,她还未曾出嫁,
贫穷的乡村活不了呵,
她才辞别贫穷的故家。

她才来到繁盛的都市,
高楼虽有,却活不了她,
工厂里,也不再雇牛马,
她才在都市上卖花。

是这样地叫卖呵!
她叫着卖鲜花……
白的贱呵,黄的也贱,
牡丹半角钱两扎花。

西天已坠下了晚霞,
残了花,也倦了她;
夜深了,人静了,
街头还有倦人伴着残花!

乞 妇

这年迈的老妇在街头乞讨,
肩上盛粮的布袋已经破了,
袋口还有几条麻绳缠绕。

任春风吹不开她紧锁的眉头,
任清波洗不尽她脸上的尘垢,
旷野不久又多了她一块臭肉。

生前她何尝不是娇艳的少女,
何尝不蕴藏着恋人的美丽,
只是如今的遭遇把她摧残了。

新的时装,时装的美样,
现在她是完全不需要了,
只是呀,需要几块黑的面包!

乞 儿

豪华的都市，豪华的夜里，
享乐的人们总是在欢游；
那被弃了的乞儿，
他却在十字街头。

曼特林的清幽，
诉不出他的忧愁，
诗人的诗意，
涌不上他的心头。

他也曾是父母的爱儿，
也曾是人类的遗留，
他冻僵了的枯腿哟！
也同样是人的骨肉。

他不曾吃过白的乳奶，
不曾住过华丽的高楼；
生来便在苦海里，
乘了，乘了难舟！

一 老 妇

这老妇年近百岁了,
天天还是起得很早,
待她把花儿一一浇好,
才去南山拾晨炊的草。

她爱花,性爱养花,
她觉着一切都莫如花娇,
人间所有的异样花种,
不知在她手下洒了多少。

待春天来了,花含了苞,
她在花前,对花发笑,
年年她是这样说——
今年比往年开得好。

待秋天再来,花飘落了。
她在花前,对花呆着,
年年她是这样说——
今年比往年落得早。

她看花开,她看花凋,
从年青看到年老,
直到她临死的昨宵,
才忘记了当年的花娇。

夜　妓

秋风侵袭着面皮,
已觉到有些凉的刺激,
夜深了的马路旁,
还徘徊着几个夜妓。

辉煌的光照着模糊的影子,
从脸上辨不出有几多年纪,
好像人工制成的"纸人",
又像秋后葡萄蒙上霜的装饰。

有时她耸着肩远远地探视,
追逐着夜行者男人的影子,
有时她垂下头呆呆地沉思,
细尝孤影自怜的苦滋!

她也许是青春的浪漫少女——
随时随地求着自娱?
也许是新婚后死掉了丈夫的?
不,她是趁着夜深待觅明日的衣食。

夜 妓（另一首）

凛冽的寒风不住地吹，
吹着那细腰的身躯，
越发的显得苗条。
暗淡黄色灯光下
——徘徊的女人。
咳！
时代啊！
这都是残余的人们，
走在路上的行人，
都用死的目光向着她视来，
漆黑的天，
露不出来一丝的微笑。
夜深了！
只有徘徊的女人和黄包车。

卖　歌

都来听呵,都来听!
这有叫卖的歌声,
句句清清,呼着贫困,
恰是世界上民众的呼声。

这老叟已白了头,
破衣丢失了双袖,
只有,只有小的酒篓,
搭着,搭在他的背后。

他唱着歌,喝着酒,
酒只有小小的半篓,
他喝尽了半篓的酒,
却唱不尽呵,生的愁!

都来看呀,都来看!
都市的老叟,都市骷髅;
他在叫卖着短短的生命,
快些呵,新的世界到临!

我回来了

我回来了,
我望着……
马路的高楼,
我知道呵!
高楼的主人无忧。

我回来了,
我望着……
街头的乞儿,
我知道呵!
人间的悲哀依旧。

游子归来

不相识的朋友们!
在月下,我别了松江,
你们同情我,探询我;
昨夜里我又归来了。

近年来,我独自飘游,
脸儿都已消瘦;
寒风送我东来西去,
飘流吧,尽我生命的所有。

不相识的朋友们!
我没有钱更没有力,
只有血,热的血,
向你们狂跳而致谢意。

祝

铁的门，铁的门，
是那般阴森森，
爱人呵，祝你健康，
祝你永远健康。

天的月，天的月，
是那般冷清清，
爱人呵，祝你光明。
祝你永远光明。

中 秋 节

我知道,妈妈!
明夜是中秋节,
人们的习惯在享乐。

我知道,妈妈!
明夜是中秋节,
我们的米都干了锅。

怕 不 怕

罪大恶极的资本家，
凭暂有的资产压榨，
你们认为世界上的工农，
竟都是人间的牛马。

你们听，听革命的杀声，
杀呀，杀的是资本家，
伟大的，伟大的革命呵！
那都是世上的工农！

你们也许还是不怕，
又说是虚是假，
认为工农仍是牛马，
也许还是任意压榨？

罪大恶极的资本家，
待着吧，你们的头，
明日会放在工农的刀下，
那时看你们怕不怕？

乡村的夏

青山上拆了树林,
青山下倒了草屋——
乡村出了什么变动?
我闷想着,横卧旅途。

槐树下老妇斜依,
赤着足,破了衣,
她在吃着绿的树皮,
我问老妇,老妇没语。

远的都是荒田,
近的都是废土——
乡村出了什么变动?
我闷想着,横卧旅途。

孩子们拾着树枝,
赤着足,破了衣,
我问孩子,孩子默语,
遥指远山的日本旗。

待故国的信

我想在这旅途上去寻,
去寻一座高高的山,
再待高空中飞来,
飞来一块故国的白云。

白云也许带来了一信——
那饥饿民众的呼声,
和工农革命的情形,
给这远离故国的旅人。

赠　别

临别不愿再见，
也没有临别的赠言，
朋友，是不知呵，
征途是多般危险！

我真的忆起——
别时容易见时难，
但愿我们各自努力，
相信还有再见的一年。

歌颂着莫斯科

我登了克林的废阙,
探望着沃克河。
我在歌颂着呵!
歌颂着莫斯科。

这自由的莫斯科,
是自由的山河;
那万万的民众呵!
是有自由的快乐。

没有贫富,
没有阶级,
更没有失业饥饿,
都是唱着这般的歌。

共同地劳动,
共同地享受——
尽人类生产的所有,
都唱着这般的歌。

美丽的歌,美丽的歌,
人的世界,人的世界,

歌声何时把世界绕过，
世界起着同样的音波。

我登了克林的废阙，
探望着沃克河，
我在歌颂着呵！
歌颂着莫斯科。

相对的敌

曾经我们同是流浪儿的身躯,
但呵,远方的希望却各自相异,
你呀,你已登了辉煌的金字塔,
我呢?仍是身临着冰冷的十字架。

金字塔十字架虽有友情的绳儿相系,
那仅是能维系着我们片刻的朝夕;
维系不了我们悬殊的阶级,阶级的仇敌。
不久,你去吧!不久,我们自将分离。

工人夜歌

这幽寞的月夜,
映着幽寞的人间,
你们尽量地享乐,
你们尽量地欢赏。

谁知道?
工厂的机器尚在转轮,
谁知道?
我们的赤臂还在奔忙。

马上一语

寂寞的太阳，寂寞地落去，
在高的山下，在田野里，
只有树的影，月的光在地，
我在回忆着，马上的一语。

我曾有童年的好友，
他能歌唱，他还能诗，
是美丽的，是自由的，
十几年我们曾相伴依依。

我们为了生活，我们相弃，
别后三年不记得是哪日，
他骑着马，我也骑着马，
我们曾在战场上相遇！

他的发儿长长遮过肩，
衣服破了，还有破的书箱，
我见了他，我的心血跳动了——
他从哪来，经过我们的战线？

我说：老友你往那里去？
他说：我不知，任随我的马蹄！

他没下马,我也没下马,
只有一语,又在马上别离。

寂寞的太阳,寂寞地落去,
在高的山下,在田野里,
只有树的影,月的光在地,
我回忆着马上一语。

霸王子孙

战后,我们在风雨中归来,
便在荒山上筑了夜营,
那营外,营外的松林,
满布了,满布了哨兵。

那松林的枝儿轻绿,
我们战中俘虏了敌人,
在那松林里呵!
我们判了他的死刑。

你不是霸王的子孙吗?
你不是昨日的将军吗?
我们的敌人,也有今日——
在民众的枪下判了死刑。

霸王的子孙,你不怕风吗?
昨日的将军,你不怕雨淋?
在这风雨的松林下,
你怎么失去了往日的蛮横?

静些吧,不要回忆往昔——
你曾是霸王的子孙;

静些吧，死的前夜没有欢喜——
你已不是昨日的将军。

霸王的子孙，不再求情吧！
我们的枪下没有怜悯。
昨日的将军，不再求情吧！
今日的世界，不留你的生命。

你记得吧，霸王的子孙？
曾给民众造成了多少苦痛。
你记得吧，昨日的将军？
曾惨杀了多少革命的生灵。

那看吧，看看山上的松林，
明日便在松林中处着死刑。
你这霸王的子孙！
你这昨日的将军！

今天你被我们俘虏了，
又被我们判了死刑，
你明白了，从梦中已醒，
醒了王孙的梦，将军的梦。

唤 醒

天黑着，没有太阳，
我们的枪声伴着鸡鸣；
沉睡的人们在梦中，
竟从梦中把人们唤醒。

唤醒啊，只是工农，
和工农的子孙；
那熟睡的楼不曾听，
楼上的主人不曾醒。

快　乐

我别了塞北的朋友，
我别了塞北的松水，
别了死城，别了病国，
永远别了悲哀的黑夜。

在野外，马的队伍里，
我骑上了一匹白马，
马的铁蹄，踏碎了，
我过去所有的悲哀，
悲哀呵，不曾再次重来！

没有悲哀，只有快乐，
快乐地握着长枪，
枪弹不住从枪口奔放，
放呵，枪弹，放呵！
射进那病国的胸膛。

今天呵，只有快乐，
我已逃出了病国，
今天的以后；今生的以后，
我快乐着把那病国毁灭！

大家的力量

我们的马儿跑得快,
马上的人儿也健强,
一伙背着是枪,
一伙握着是棒。

穿过河林,跳过岗,
占领着个个村庄,
大家平分了土地,
要再平分了食粮。

我们没有皇帝,
也没有霸王;
只有大家的枪棒,
和大家的力量。

我们大家有头颅,
我们的血染红了路,
一队的,一队的,
那是我们的队伍。

田 野

贫困的,贫困的乡村,
已是今日炮火的战场!
劳苦的农民死了呵!
似如屠了的猪羊。

许多横卧青山不起,
许多顺着河流漂去,
有的还喘着气息,
那已是负伤的残尸。

这也是我们姊妹兄弟,
无辜地遭了炮击,
我不忍得再看呀!
你们断着最后的一息。

春天我再来,来采春花,
铺满在你们的尸下,
我再把这枝老树雕刻,
刻成纪念你们的墓碑。

高空中,还飘动着国旗,
残尸在血泊中滚来滚去,

你们有什么留恋的？
可否告诉我这未死的人呢？

远远的，远远的有人哭泣，
是一个断腿的少女，
她说：农民！农民起来呀！
去杀我们农民的仇敌。

夜 战

我们的马儿飞奔得快,
月光又把我们的马影,
送上远远的悬崖。

树的影下,树的身旁,
我们的战队一排一排,
开火了,夜战已经到来。

打倒世界的帝国主义,
打倒资本国家的旗,
无产者的革命开始。

我们手里握着子弹,
长枪吐着红的火光。
长枪上的刺刀明亮亮。

我们是一群贫穷的兄弟,
我们为贫穷而战呵!
是杀我们贫穷兄弟的仇敌。

虽然,我们遗下了死尸,
愿让落叶把死尸遮盖,
愿让白雪把死尸掩埋。

红 印

爱呀，我们又将别了，
明朝破晓的时光，
我重登杀场的旅程，
你又将独自呜咽？

你曾说杀场上——
没有鲜的花，美的果，
虽是为了生命的斗争，
生活却是苦燥得万分。

你手里握着一支烟卷，
深深吻上了你唇上的红印，
你又说这支烟呵！
便是你的心伴着我的生命。

爱呀，不要为我酌酒祝庆，
更不要一步一步地送行；
但愿你待，待听他晨啼声，
胜利与凯旋之钟齐鸣。

你更说直待他夜天明，
静听那凯旋之钟，

再酌酒，再酌酒祝庆，
庆祝人类解放成功！

夜 吊

西山落下太阳，天黑了，
我们都把马鞍锁好；
沉默着，都沉默着，
夜里我们又在凭吊。

这里没有慰灵的席棚，
安放死者的尸身，
没有纸火，没有响炮，
也没有吊死者的鼓乐。

天上有月，月下有行云，
地上遮满了模糊的月影，
这是旷野的荒郊呵！
荒郊上摆下了尸身。

死者来自何方不明，
也不知家里还有何人；
我们都是从四野跑来，
跑来这群劳苦的群众。

望 野 营

帝国的兵呵!
帝国的民众;
战呵,战呵!
来占弱国的领土。

战线上沉沉死气,
曾死了多少战士!
遗下了多少头颅,
那全是兵的尸骨。

那(是)兵的尸骨,
那是民众的头颅,
仅是搭成了,
主人发财的路。

快些改编吧!
你们兵的队伍,
去为贫困的民众,
另(辟)开战的新途。

开始射击

白雪夹着冷风,
冷风卷起白雪,
我们的队伍,
在风雪中集齐。

雪是深深的,
地是冷冷的,
我们仰卧雪地,
准备向天空射击。

敌人的飞机降低,
机下的炸弹投地,
兄弟们,瞄准呵!
我们开始射击。

我们的战线

朋友!
我们不是时代的叛徒,
我们不是社会的野狗,
高举血染的战旗,
旗下有我们光明的归宿。

朋友!
我们是饥饿的民众,
我们是勇敢的壮士,
穿上血染的征衣,
衣下有我们自由的意志。

披 红 人

被绑披红的人,
我的弟兄,我的弟兄!
光荣呵,披红的人,
光荣呵,我的弟兄!

光荣呵,你的一生,
披红的人,我的弟兄;
军乐中,枪刀下,
送你最后的一行。

你挥起着战刀,
曾击破资产家的故城,
勇敢的,我的弟兄!
革命的,披红的人!

被捕了,你有生命,
决不卖你的弟兄,
光荣呵,披红的人,
光荣呵,我的弟兄。

别了故乡

我的祖国呵,
我的东北!
是我昨日的故乡,
已在昨夜里死亡。

时代的破碎呵!
原是时代的诞生。
这破碎的时候,
世上还有暴君。

暴君还有暴臣,
有的刀,有的兵;
正因有刀有兵,
才做了我故乡的主人。

暴君暴臣的刀兵,
屠杀着民众;
暴君暴臣的刀兵,
送我出了长城。

我的祖国呵,
我的东北!

那里有富的山林,
那里有暴的君臣。

贫困的民众,
渐渐地穷困更深;
呵,时代的破碎,
原是时代的诞生。

我的祖国呵,
我的东北!
别了,我出了长城,
城里还有我的弟兄。

虽是有暴君暴臣,
虽是有刀有兵;
我们的弟兄呵,
已开始了穷困的斗争。

起来,我们弟兄,
起来,饥饿的民众;
我们杀呀,杀呀!
全世界的暴君暴臣。

没有奴隶

我们的东北死去了,
——在今日的世界里,
如死去了我们的母亲。

死去了东北,死去了母亲,
遗留的子孙呵,
只是三千万的奴隶。

虽是同样的子孙,
虽是同样的奴隶,
可是,还有贫富的阶级。

富的都在高台乞食,
他们只见日出,
不知日落的晚夕。

贫的已举了战旗,
他们把死去的母亲,
死去的东北重新建起。

建起无贫无富的乐地,
没有阶级,亦没奴隶,
没有阶级,亦没仇敌。

黑　人

黑人呵，你们没家没国，
家国呵，已被白人侵夺，
你们都是流浪在天涯，
生活在主人的脚下。

黑人呵，不是永远的奴隶，
起来吧，起来吧！
开始向你们的主人屠杀。

黑人呵，你们穷困了，
穷困的，都是今日的贱民，
还怎样生活在这世界，
耕种已无耕种的一垄。

黑人呵，不是永远的奴隶，
起来吧，起来吧！
开始向你们的主人屠杀。

黑人呵，你们万恶的主人，
灭亡着黑人的种族，
肩着枪，又挥起大刀，
枪下，刀下黑人死了多少！

黑人呵,不是永远的奴隶,
起来吧,起来吧!
开始向你们的主人屠杀。

黑人呵,你们看看吧,
主人撕下你们的衣,
还待剖下你们的肉皮,
你们愿做永远的奴隶?

黑人呵,不是永远的奴隶,
起来吧,起来吧!
开始向你们的主人屠杀。

写给敌人

　　我怎样称呼你？——弟兄？友军？我不能，我绝不能称你们弟兄，友军；因为你们强夺了我们的土地，我们的同胞正在被你们刑罚，放逐，枪杀，活埋……我们每人都记下了绝大的仇恨，我只有叫你们——敌人！

　　敌人，我别了你们无情的面孔，残暴的刺刀，弹粒，两年了，不，已经两年多了。

　　敌人，你们在我们的史页上写下了几个不灭的大字——九一八，已经五年了。在那五年中，我们没有一天忘记，动摇我们复仇的决心。

　　敌人你们听听，我们在唱着：

　　　　我们要高呼一声，
　　　　我们要斗争；
　　　　为斗争而死的奴隶，
　　　　才是人群中最伟大的！

一九三六，九，五。

在 故 乡
——纪念我们的"九一八"

（一）

我不忘记——
故乡的三千万奴隶。

我不忘记——
故乡的三千万奴隶在受着苦刑。

我要唱——
不成歌的歌词！
我要写——
不成诗的诗句！

我不怕仇敌，
我不怕世上的一切暴力！

我要唱——
不成歌的歌词！

我要写——

不成诗的诗句！
　　不管是像虎啸，
　　　　或是狮吼；
　　不管是像犬吠，
　　　　或是鸡啼；
　　不管是像乞丐在乞讨，
　　　　或是婴儿在哭泣。

　　我要唱出——
人类的不平！

　　我要写出——
世界的不公正！

（二）

在故乡：
　　一面是长城，
　　一面是安乐的西伯利亚，
　　一面是亡国的高丽，
　　一面是海洋。

是什么地方？
　　这样荒凉：
　　野冢，草场；
　　荒漠上，
　　竟无行人的一条小径
在故乡。

是什么地方？

这样富藏：
　森林，
　野矿；
　田垄上，
　尽是大豆和高粱，
在故乡。

在故乡：
　有长白山，
　有松花江。

在故乡：
　有富人在欢笑，
　有穷人在乞讨。

在故乡：
　有男人做强盗，
　有女人做野妓。

在故乡：
　有人露宿街头，
　有狗睡在高楼。

在故乡，
　有主人，
　有奴隶。

在故乡：
　有丑恶，
　有无耻。

在故乡：
　　…………
　　…………

我的故乡，
　是那样的地方；
我在那地方诞生，生长。

我记得：
　我家住着一所小房，
　　纸糊的小窗，
　　木板的院墙。

我记得：
　我常常在母亲的怀抱。
我记得：
　母亲怕我丢了，
　不许我离开她的腿边。

我记得：
　有一次，
　我迷恋着学校
　回来太晚；
　母亲已经病了。

我记得：
　母亲怕我当兵，
　怕我离开她几里的旅程。

我不记得：
　　兵士常常叛变，
　　兵士常常巷战；
　　　是为了给养？
　　　是为了薪饷？

我不记得：
　　为什么，
　　　院外常常有人打架；
　　为什么，
　　　院内常常有人自杀。

在春天，
我爱看花，
　　是桃花？
　　是杏花？
我爱看田野的绿苗，
　　是大豆？
　　是高粱？
　　是无人耕种的草场？
我全不认识；
只看见，
不知从哪里飞来的蝴蝶，
不知从哪里落下的小叶，
在那里徘徊。

在夏天，
　　天上没有一块流云，
　　全是蓝色——
　　像一片大海

漂着一团太阳；
　　太阳很热，
　　热得像火，
我不怕，
我还常常嬉游，
　　在松花江的太阳岛上。

在秋天，
　　下过了大雨，
　　　或是冰雹；
　　我家的门槛边
　　结满了白色的秋霜，
　　一片片——
　　像铺着的绒毯；
　　我试探了几次，
　　并不温暖。

在冬天，
　　有冷风，
　　有白雪，
　　风与雪在高空中飞扬；
我爱坐爬犁，
我爱穿皮衣，
我爱听人家讲故事：
　　山上是桦柏的林场，
　　有黑的熊，
　　有白的狼，
　　…………

　　四季的景色，

年年在我眼前划过；
在故乡，
长大了我。

我爱——
　　我的故乡；
我爱——
　　在故乡。

（三）

是哪一年？
是哪一年？
是哪一年？
是哪一年的九月；
　　沈阳的北营
　　遭了敌人的炮轰。

每日——
　　强占着我们的土地；
每日——
　　抢夺着我们的家屋；
每日——
　　枪杀着我们的弟兄；
每日——
　　轮奸着我们的姊妹。

在故乡，
敌人想筑起了圈栅，
　　不留一个门，

不留一个洞空；
牢牢地囚起了我们，
　　要我们做三千万的牲畜，
　　要我们做三千万的奴隶。
啊，真是——
　　要我们做牛马，
　　任他们鞭打，
　　任他们刀杀！

在故乡，
敌人想把我们逐去，
　　逐出了故乡，
　　逐到海底；
他们要用我们的身体，
　　填平了海面，
　　做他们耕种的土地。

在故乡，
敌人想用尽了人类的智慧，
　　做出世上少有的机器，
　　改造我们的身体；
用我们的骨子，
　　做他们的用具，
用我们的血肉，
　　做他们的粮食。
　　谁说——
　　　　土地不是我们的？
　　谁说——
　　　　家屋不是我们的？
我们兄弟姊妹的身体，

也是骨子，
　　也是血肉；
我们也是人，
也是人类遗下的子孙！
　　谁，谁？……
　　谁肯再多有一分的忍受？

从此，我的故乡，
起了惊恐。

怕听鸡鸣，
怕听狗叫，
怕风飘起的落叶在窗前骚扰。

女儿叫着妈妈，
妈妈叫女儿早些出嫁。

男孩呢？
跑了，跑尽了。

在故乡，
响起了——
　　"不愿意做奴隶，
　　我们抗敌到底！
　　不愿意做奴隶，
　　我们抗敌到底！"

在故乡，
响起了——
　　叫喊，

马蹄。

在故乡,
　　我身上换了棉袄,
　　　手戴了皮制的手套。

朋友叫我杀呀——
　　杀一只鸡,
　　　或是一匹马,
做我杀敌的尝试。

我不怕,
我背后有枪;
我骑上了一匹马。
我抖抖自己的胆量,
　　冲上了战场。

在故乡,
集成了人群;
　　有的拿着枪,
　　有的握着棒。

我们每人全是陌生的,
我们每人全不相识。
　　我们互相亲爱,
　　　如同兄弟。

枪是几人一支,
　　我们轮转着,
　　　轮转着射击。

马是两人一匹，
　一人踏了一镫；
　一人握住缰绳，
　一人抛着鞭子。

在故乡；
　在雪野，
　在山岗，
　划出了我们的防地。

我们随地吃饭，睡呢，
我们随地在抗战。

我们没有冲锋，
　我们不愿多杀几个敌人，
　才是我们的光荣；
我们是在防守。

我们没有退却，
　我们不愿做暴力下的弱小者；
我们是在防守。

我们是在防守；
防守敌人抢夺我们的土地，
　　　　　　家屋，
　　　　　　生命，
　　　　　　自由，
　　　　　　平等，
　　　　　　和平。

我们看够了敌人的炮火，
我们终于喊了：
　　"冲吧！"

我们喊着：
　　"杀呀，杀呀！
　　杀呀，杀呀！"
像海洋上突泛了一阵海潮，
海潮漫过了沙岸的声音。

我们叫着：
　　"朋友，兄弟，
　　不愿做奴隶的人！"
　　紧紧"乌拉"
　　保留呀，袋里仅有的"窝窝头"。

我们叫着：
　　"朋友，弟兄，
　　不愿做奴隶的人！
　　死守吧，这是我们的最后一条防线！"

敌人的炮弹加多；
在夜里，
代替了灯火；
　　让我们看看月亮？
　　让我们看看星星？

敌人的飞机，
渐渐地降低，

敌人的炸弹投地。

我们的弟兄,
遭了弹击,
没有完整的尸体;
遗下一只胳膊,
　　一个手掌,
　　一条血肠,
那是敌人的恩赐。

我想看看死者,
是谁的面孔,
　啊,没处寻找。
不知这死者,
有无遗言,
　给我们留在雪面;
也不知道,
是谁的名字,
　在人间,
　从此将永远消息。

我们没有高射机关枪,
　没有高射炮。

我们喊了:
　"没死的弟兄,
　我们扬起枪支!"
我们的枪支向高空中,
　开始射击。
我们的心像铁像石,

我们射击——
 　一次,
 　再一次,
 　一次连续着一次,
只有开始没有终止。

死了——
 　一个人
 　几个人
 　…………

死吧!
 　我们不要一张纸火,
 　我们不要一声响炮。

死吧!
 　我们不择取什么坟地,
 　我们不举行什么葬礼。

也许有小小的期待:
让秋天的落叶把我们遮盖。
也许有小小的期待:
让冬天的积雪把我们掩埋。

敌人的炮火,
从我们的血流中引出了一条血河,
好像要用我们的鲜血,
划出我们国土的边界。

"弟兄!

投降吗?"
长官在顾念我们的生命。

"不，我们不投降；
我们为正义，
　　　为公理，
　　　为奴隶在斗争，
死，死也光荣！"
这不是反抗命令。

这不是反抗命令——
　用我们的生命，
　　护守着我们的山河；
让敌人毁灭了我们，
　留下我们的尸体；
让风吹去我们的血肉，
　留下我们的骷髅，
啊，让骷髅——
　堆起我们国土的界石，
　给后来人留下了标志。

"弟兄！
　退却吧！"
长官在顾念我们的生命；
像枪刺一样，
刺痛我们的心。

"不，我们不退却，
我们死守在战场；
——这样我们才安心。"

这不是反抗命令。

"不,我们不退却,
我们甘受俘虏,
我们甘受死刑!"
这不是反抗命令。

"退吧,兄弟!
谁愿意做奴隶!
谁愿意赠送国土?"
这是长官的一半命令,
　　　　　　一半人情。
　我们终是退却了——
为了保留我们最后的几粒弹,
到明天。我们还有最后的一次斗争。

灰色的天,
白色的雪面,
败走中的行军;
　疲倦的马蹄,
　疯狂的鞭子;
——是一幅难写的惨景。

人在狂呼,
马在怒嚎,
驰过山林、
　桥头、
　野冢,
　在平平的雪面上,
　马尾拖长着延续的蹄印。

我们饥饿了，疲倦了，
我们要休息；
我们要在狐兔的窝穴里，
藏下我们的生命；
——是一幅难写的惨景。

　　我们懦怯吗？
　　我们低能吗？
我们也是人类的子孙！

我们也是人类的子孙，
　一样爱自由，
　　　爱平等，
　　更爱和平！

我们这些人群，
　既不想做人家的奴隶，
　也不想做人家的英雄。
我们的斗争，
　是为了自由，
　　　平等，
　　　　和平；
我们的斗争，
　是为了自由，
　　　平等，
　　　　和平。
…………

(四)

我病了,
我从战场归来了。

在故乡:
  有暴君,
  有暴臣,
  我们的仇敌,
  做了我故乡的主人。

在故乡,
我记忆着:
  千万里的长途,
  十个月的斗争;
我记忆着:
  多少次的斗争;
  我尝遍了敌人的——
    炮火,
    弹粒,
    侮辱,
    残忍。

在故乡,
  我总是躲在家里,
  整天在失眠。

在故乡,
  在夜深,

在秘密的地下室，
　　充塞着叫声；
我知道啊，
　　有人受着苦刑；
　　那是被捕的人——
　　我们的弟兄，
　　我们的战士，
　　我们的英雄！

在故乡，
　　在路旁，
　　在电线杆上，
　　垂悬着小小的木笼；
　　木笼里，
　　是完整的人头，
　　是零碎的骨肉；
我知道啊，
　　有人受了死刑；
　　那是被捕的人——
　　我们的弟兄，
　　我们的战士，
　　我们的英雄！
在故乡，
　　向故乡的山河，
　　我哭了一声，
　　　　是泪水？
　　　　是临别的赠品？
　　向故乡的山河，
　　我鞠躬了：
　　　　是祈祷？

是敬礼？
　　　是最后的凭吊？

　　我唱着：
"别了，别了，
别了故乡。"

我没有什么行囊，
只是一个小小的包裹。

没有送我的友人；
只是暴君的命令，
只是暴臣的枪刀，
　　在送行，
　　　送我过了长城。

敌人的哨兵，
在我们国土上逞着雄姿，
检查了我，
还要我说出：
　　"我是'满洲国'人。"

我向他打了招呼，
我想说：
　　"你不必露尽了你的无耻，
　　你也不必把我认作奴隶！
　　来，敌人，
　　你有刺刀，
　　来，敌人，
　　你把我的心来解剖；

你看看：
　　是抗敌的勇敢？
　　是流亡的烦恼？
　　有奴性吗？
　　我的奴性究竟有多少？"

我向他打了招呼，
我想问：
　"我们同是人类的子孙，
　　谁是奴隶？
　　谁是主人？"

我向他打了招呼，
我想叫：
　"放下，你的枪支，
　让我们来一次徒手的比量，
　看看最后是谁在伤亡！"

我向他打了招呼，
我想嘱咐：
　"你好好地给我看守，
　我回来的时候，
　你折了我的树枝，
　我都要你的头来赔偿！"

我向他打了招呼，
我想警告：
　"敌人，当心些！
　有一天，
　我们联成一条铁石的队伍；

要收复我的故乡，
要收复我们的国土！
有一天，
我们联成一条铁石的队伍；
海洋上，
我们可以步行，
从我的故乡追你们，
追到你们的京城！"

我向他打了招呼，
我想说：
"我的故乡，
你占了，
还要我逃亡，
这是真理？
这是暴力？"

我向他打了招呼，
我想说：
"再见，
敌人！
再见，——
明日！"
我唱着：
"别了，别了，
别了故乡。"

别了——
我的故乡，
老了的爹娘，

　　　　小小的弟妹，
　　　　未婚的姑娘。

别了——
　　谁不爱他的故乡？
　　谁不爱他的爹娘？
　　谁不爱他的弟妹？
　　谁不爱他未婚的姑娘？
　　——谁不待他的婚夜：
　　　　跳动的心，
　　　　神秘的月亮。
我想向他们说明：
　　这里已不是我们的故乡，
　　我将要逃亡。
爹娘谁肯放走了——
　　他的儿郎？
弟妹谁肯放走了——
　　他的哥哥？
未婚的姑娘，
　　她怎肯放走了——
　　她未婚的丈夫？

别了，别了。

在故乡，
　　偷偷的别后；
　　爹娘在默语：
骂着他们的不孝儿郎。

在故乡，

偷偷的别后；
　　弟妹在探望：
寻找着他们的哥哥。

在故乡，
偷偷的别后；
未婚的姑娘呢？
她怎样称呼我？
她说我些什么？
　　说我狠心？
　　说我无情？
我愿她这样想吧——
我是她路上相逢的路人！

我唱着，
别了，别了，
别了，故乡，
别了我的弟兄。

我不知道：
　　我们还有多少生命！

我不知道：
　　他们还有多少枪弹？
　　他们还有多少食粮？

我不知道：
　　他们又有多少次战争？
　　他们又有多少次伤亡？

我不知道：
　　他们的行径，
　　他们真实的消息。

我不知道：
　　余下了多少轮车？
　　余下了多少爬犁？
　　余下了多少马匹？

我不知道：
　　他们无止日的战争——
　　可曾吃饱？
　　　仍是一日一碗稀粥？
　　　仍是一日一个"窝窝头"？

我不知道：
　　在冬天，
　　他们有没有棉衣，鞋子，
　　　仍是露着胸脯？
　　　仍是露着脚趾？

我不知道：
　　在夏日，
　　在树荫下，
　　他们有没有一刻的休息？
　　　仍是鞭打着马？
　　　仍是在射击？

我不知道：
　　…………

…………
　　…………

我只知道：
　他们不愿做奴隶，
　他们还在抗敌！

我要祝福：
他们安好！

　我们全世界的奴隶，
要为他们行着最敬礼！

（五）

　我不忘记——
故乡的三千万奴隶。

　我不忘记——
故乡的三千万奴隶在受着苦刑。

　我要唱——
不成歌的歌词！
　我要写——
不成诗的诗句！

　我不怕仇敌，
我不怕世上的一切暴力！

　我要唱——

不成歌的歌词！
　我要写——
不成诗的诗句！
　　不管是像虎啸，
　　　　或是狮吼，
　　不管是像犬吠，
　　　　或是鸡啼；
　　不管是像乞丐在乞讨，
　　　　或是婴儿在哭泣。

　　我要唱出——
人类的不平！

　　我要写出——
世界的不公正！

一九三六年八月一日

在 夜 深
——纪念"九一八"五周年

在夜深，
我常常记起了——
我战死的弟兄；
我将要在世界最高的山脊上，
刻下几行不灭的碑文：
为斗争而死的奴隶，
是人群中最伟大的；
在长白山、松花江的地方，
长眠了我们最伟大的英雄。

在夜深，
我常常记起了——
我战死的弟兄，
在荒野的战场上，
遗下的尸身：
流着鲜血，
满着伤痕，
存留着一息还在呻吟；
那种呻吟啊，
好像仍要继续着斗争！

在夜深,
我常常记起了——
我战死的弟兄;
没有纸火,
没有响炮,
为他举行着葬礼,
在荒野内战场上,
遗下了死后的尸身。

我战死的弟兄;
他们曾冲锋,
他们曾败走,
他们曾在争着中华民族的光荣!
他们死后,
怎么是这样悲凉的境况:
怎么,他们不是父母所生?
怎么,他们的尸旁没有一个亲人?
只是让月亮看守着他们的死影,
只是让风雨吞食着他们的骨肉,
怎么没有人把他们的尸身收存?

在夜深,
我常常记起了——
我战死的弟兄,
在战争中,
早已失去了他们的英魂,
在传说中,
早已忘去了他们的姓名,
啊,他们只是——
我们一代无名的英雄!

在夜深，
我常常记起了——
我战死的弟兄；
我将要在世界最高的山脊上，
刻下几行不灭的碑文：
为斗争而死的奴隶，
是人群中最伟大的；
在长白山、松花江的地方，
长眠了我们的最伟大的英雄。

九月六日

北风送来的呼声

这是我们最后的呼声
有谁来听?
我们呼唤同情的弟兄
救救我们!

我们是三千万人中的一群,
一群被人压迫的奴隶,
一群被人逐去了的野狗,
啊,一群在斗争中的孤军!

这是我们最后的呼声
有谁来听?
我们呼唤同情的弟兄
救救我们!

这里的天冷,
这里的风寒,
这里的白雪漫尽了天边,
我们的一身棉衣,
已经度过了五年的冬天!

这是我们最后的呼声

有谁来听？
我们呼唤同情的弟兄
救救我们！

我们负乏的弹粒，
冲开了敌人的包围，
冲不进祖国的边城；
我们仅有的枪支，
收复一条小小的山脊，
收复不了我们所有的失地。

这是我们最后的呼声
有谁来听？
我们呼唤同情的弟兄
救救我们！

从早晨到黄昏，
从黄昏到夜深，
今日已经过了五年的光阴，
我们天天在死亡中寻找生存；
我们吃尽了——
大豆高粱，树皮草茎，
我们的花期近了——
明日也许都做了亡魂。

这是我们最后的呼声
有谁来听？
我们呼唤同情的弟兄
救救我们！

北风送来的呼声（另一首）

这是我们最后的呼声。

我们呼唤同情的兄弟，救救我们！

我们是被人逐出了的野狗，
我们是被人压迫的奴隶，
我们是三千万人中的一群，
啊，我们是在斗争中的孤军！

我们呼唤同情的弟兄，救救我们！
这里的天寒，
这里的风暴，
这里的白雪漫尽了天边，
我们的棉衣，已经度过了四年的冬天！

我们呼唤同情的弟兄，救救我们！

我们只有枪支，
我们缺乏弹粒！
冲开了敌人的包围，
冲不进我们祖国的边城！
我们只有枪支，

我们缺乏弹粒,
收复了一座小小的山脊,
收复不了我们所有的失地!

我们呼唤同情的弟兄,救救我们!

我们吃尽了——
大豆,高粱,
树皮,草茎。

我们呼唤同情的弟兄,救救我们!

从早晨到黄昏,
从黄昏到夜深,
今日,已经快是五年的光阴,
我们天天在死亡中寻找着生存!

我们呼唤同情的弟兄,救救我们!

我们的死期近了,
明日我们也许都做了亡魂!
我们呼唤同情的弟兄,救救我们!
这是我们最后的呼唤声。

东北歌者的短歌

我爱一匹马,一支枪;
我更爱一件皮毛的衣裳;
最好是在阴黑的深夜,
或是光明的早晨,
让我的马抛起四蹄,
让我的枪随着蹄声开放,
让我的衣裳遮蔽严寒。
我要,我要——
我要驰出长城以外,去往故乡。

记忆与梦想

在这陌生的地方，
在这骚动的市场，
在许多的记忆中，
我常常记忆着——
我的故家：
冬天的雪夜——
黑暗中的白花，
春天的黄昏，
被刺绣的晚霞；
在墙边，
我亲手植下的绿柳，
也许被敌人的马蹄踏了，
萎落的叶子，
也许在幸运中，
又生了新芽？
在门前，
常常走过的那个姑娘，
是否还在探望着——
我为她移在窗下的几朵红花？
也许被敌人强迫着，
在暴力下做了牛马，
也许偷偷地远离了，

现在已经出嫁,
…………
…………
在清早,
在黄昏,
在许多的梦想中,
我常常梦想着——
我骑了一匹野马,
驰向我的故家;
我并不是恋着——
那绿柳,那姑娘,
或是那白花与晚霞,
我只想归去啊,
归去我的故家!

去吧,去到战场!
——给沈弟

沈弟,怀念我的人,
今夕,我没有什么给你;
给你的,只是这样的几个字:
明日,明日我已经穿起了军装,
去吧,去往战场。

沈弟,怀念我的人,
望你待我胜利的消息,
望你待我胜利地归去。

一九三七年十月十五日临去西安前

友人将去了
——送立波

友人将去了，
从战场去向敌人的阵地，
生与死，谁能预知？

友人将去了，
去时，只有一枪与一马！
我想摘一朵花送他，伴他同行，
可惜冬天还在，春天不来。
去吧，让他只有一枪与一马，
让他去向敌地冲杀！

友人将去了，
去吧，但愿去后有一归期！
归时，给我带来春花，
给我带来中国胜利的消息。

立波与我同行两月，将别我而去，遂写此诗留为纪念吧！
十二月二十二日晨在前方
按：立波先生已平安回抵汉口。

英雄曲（代序）

（一）

我是太阳，
我是永远不灭的火，
我是光明所有者，
光明，永远属于我。

（二）

在这世界上，
我骄傲我生为中国人！
二十世纪，
该有一页我与敌人的斗争史！

天空失落了月，失落了星，
地面还在朦胧，
远处的军号响了，
正在唤我出征。

母亲，谢谢你——你的眼泪，
爱人，谢谢你——你的红唇；

别了，这些朋友，
这些温暖的手。

骑上马，放松了缰绳，
去，去冲敌人的阵地！
在那自由下，
我愿为我的祖国牺牲！

（三）

光明，永远属于我，
我是太阳，
我是永远不灭的火，
我是光明所有者。

【注】我们约好每人都写些短序，而我却在病中。为了实践约言，只好取出"英雄曲"（这是我还没有完成的一部长篇，其中主人公所唱的一首短歌）代序。

遥 念
——致马当的海军学友

几年前,
我们曾学长枪,试巨炮,
世界上一切的暴力,
要在我们的面前失去了骄傲。

在游玩的黄昏,
我们曾笑过,
林中的小鸟,
一声猎枪,便惊飞了。
在狂风暴雨下,
我们曾赤裸着身体,
游行在水中;
我们曾高歌而自豪:
我们同是水上英雄,
有谁能征服我,与我的祖国?

这几年,
只有我,成为一个孤独者,
与你们长别!
别后,你们仍在炮位——
今日武汉江防与陆战的铁锁,

我，我只余下一支笔，
把我们隔开了这样遥远的距离。

我在任何时，
从不曾把你们忘记，
我常常念着你们的名字！

愿你们挺起雄姿，
像我所记忆的；
愿你们伸出铁臂呀，
从马当，截断长江，
建起不可侵犯的高墙，
保卫我们的武汉！

告诉我，有谁伤亡？
我要参加这光荣的水葬。①
告诉我，有谁战胜？
我要借用庙宇的古钟，
让它代替礼炮，
打响二十一声。②

人体为什么不生翅？
不让我向你们飞去！

如果你们允许，
今日，
我向你们送去誓语：

---

① 海军礼——战死者水葬。
② 海军礼——最高礼炮二十一发。

把我的笔抛弃,
抛入永远难寻的水底,
我愿与你们在水上同生死!

　　　　　　　　　　　　　六月二十七日夜深

七 年 祭

在七年前的今天，
诞生了你们这些好儿女，
你们这一代的英雄。
在松花江畔，
在长白山边，
你们已经安息！

在七年后的今天，
你们可曾知道？
这里有一个人，
在夜间，
在扬子江岸上，
向你们遥祭。
我等着好梦，
待你们后梦中来，
告诉我！
你们死后还有无遗言？
告诉你们！
我爱忠实的灵魂，
我仇恨虚伪的躯壳；
让我的好梦勿醒，
再送你们从梦中去，

趁着夜未深，风未冷，
月色依旧朦胧。

我知道，
在七年前的今天，
你们骑上战马；
任随家屋，牲畜无主，
任随家人盼望，田地荒芜，
任随失去一切所有，
开始去向战场之上，
你们这一去，永不归还！
你们走前的一刹那，
似湖面突起的巨浪，
似高空闪过的电光。

从此，你们家门之前的路上，
再无行人来去；
遗下的足迹，是你们的，
可惜仅有你们去时一行，
难见你们归时踏成一双。
我所爱的长命之花，
在暴风中，早日零落！
这残缺，
留给我，
留给世界。

我相信你们，
不被征服，
不做奴隶。
你们爱自由，

举起自由之旗,
你们为了自由而死;
在露天下,
任随白雪与黄叶,
把你们掩埋,
伟大的葬礼,并无仪式。

你们的往事,
占有人类的史记,
你们的骨肉,
成为自由的石基;
你们短短的生命之火,
现在已经燃遍祖国。
祖国的后代儿女,不忘你们,
你们这一代的英雄,
我更要长记:
在松花江畔,
在长白山边,
有我的故乡,
有你们的基地,
我随你们永在,永在一起!

"九一八"七周年前夕

没有祖国的孩子

河边草青又青,
太阳落出一片红;
长流水,
声呜咽。
从早放牛直到晚,
无衣无食到处受寒饥,
何时何日回家乡?
恨不得:
牛羊当战马,
草木当刀枪;
号角吹起进行曲,
驱逐敌人,
收回故乡!
牧童永不流落在他方。

英 雄 颂
——献给为祖国而战死的战士

你们生在和平的土地上，
你们是和平的人民；
你们被战争所迫，
参加了战争。

你们肩着，
这枪，这弹，
这同胞千万的心，
这祖国的命运，
从和平为故乡，
肩往战争之场！

征途间，
随处都是炮火的浓烟。
在朦胧的色中，
模糊了你们的行列，
那太阳，那日，
不再明朗，
不再透入溪水的清波。
只听马蹄飞奔，不见飞奔的马蹄；
这并不是神秘的所在，
原是生命的圣火，一闪而过！

待你们再见，
你们已在战场。
在战场上，
天是你们的被，
地是你们的床，
高山是你们的短枕；
骄傲和光荣，应属你们，
你们是这一代的英雄！

风雨之中的飞鸟，绝迹了，
它们已归宿巢；
你们往日的家庭呢？
已是今日的坟墓。
你们远在千里，万里外，
以自己的骨肉，
在阻止残酷的铁蹄。
你们今日的血，
就是明日祖国史上的墨。

这战场的空间，
遥远而广阔，
这遥远而广阔的空间，
是你们灵魂长在之所，
你们有生而无死，
随天地不灭！

谁曾知道？
这沙漠，
曾是你们站立的地方，
被你们踏碎了的山岳；

这海,
曾是你们走过的大野,
被你们脚尖遗下的小小水涡。

谁将知道?
雷将是你们的声音,
风将是你们的气息,
叶落,将是你们一度的悲哀,
花开,将是你们快乐的时候;
你们的快乐,
也将引起花开,
梨花的本质,
可以代表你们的个性,
梨花的纯白,
便是你们心的颜色。

百年的灰尘,
将埋尽了今代人。
唯有你们被留下,
你们的名字,
将是情人的眼睛,
将是高空的霞,
这美丽,
将诱住后代人;
少男的梦,
少女的心;
将在大殿,受最大的祭礼。
因为祖国敬爱的是你们,
你们曾是这一代的英雄!

海 上

我怀念往日的海上,
那里,曾是我自由来去之地,
仿佛是一匹无缰之马,
任随马蹄奔驰。
岩边的高崖,水上的巨浪,
从未阻止我的航行,
从天的这面,随我去天的那面,
随处任我停留;
我的命令,便是圣经,
我不侵犯谁,谁敢侵犯我,
我在舰上,舰尾悬有我祖国的旗。

我怀念往日的海上,
那里,我曾遗下长久的岁月,
今日,我拾不起一刹那的记忆;
唯有梦里的海潮,
还似往日,涌来涌去,
永不见往日的白鸥和绿岛,
永不见往日的渔家之女,
把红色的手帕在霞中招摇。
这自由的往日,何时再来?

我怀念往日的海上，
那里，曾是我母亲的怀抱，
今日，不容我留宿一宵。
广阔的海面无门，
却被罪恶的铁锁锁紧，
我已被迫入山林。

我怀念往日的海上，
那里，曾有我熟听的风声，
今日，又在唤我归去，
我去，向往日的海上前进，
我仍要在往日的海上，自由航行。

生 长

他的母亲,
用乳养育了他。

他用自己的血;
养育了后人。

这矛盾的养育,
同是一个生长。

心的告白

母 亲

我常听见
邻家呼唤母亲的声音。
于是，我常想起
以自己的不幸
而换得我初生的人。
于是，我常看见这人，
在夜深的梦里。

祭

不知道是什么时候开始的，
我怕看蓝色的东西。
即使在白云之上，
露出一块小的蓝天，
这也会引起
我从空虚到痛苦的梦想。

因为有一个人走远了，
远在难返的路上。

因为这人
是蓝色的眼睛，
曾爱穿蓝色的衣裳。

献

有人告诉我，
你为了一个愿望，
什么都没有了。
我告诉你，
你为了一个愿望，
有了一切要有的，
你已经握住了
众人愿望的把手。

小诗六章

（一）母亲

我常听见，
邻家呼唤母亲的声音。
于是，我常想起
以自己的不幸
而换得我诞生的人。
于是，我常看见这人。
在夜深的梦里。

（二）逃亡的路

这路，是难走的。
纵然，是大理石
铺平了的短途。
但这路挤满了行人，
一批一批地走过了，
然后，还有：
我和我的朋友。

（三）祭

不知道是什么时候开始的，
我怕看蓝色的东西。
即使在白云之上，
有一块小的蓝天，
这也会引起
我从空虚到痛苦的梦想。
因为有一个人走远了，
远在难返的路上。
因这人
是蓝色的眼睛，
曾爱穿蓝色的衣裳。

（四）英雄

忍着辛劳和不幸，
为众人所追求的理想
而牺牲了自己的，
他是我敬重的人，
他是英雄。

（五）想念

有一个人
在我的本子上，
写下她的名字。
可是她写错了，
写在我的心上。

（六）马

在我的窗外，
睡着我那匹小马。
睡吧，早睡早起。
在天明之前，
我要用你的小蹄
一蹄一蹄地把我载到战场去。

五二〇之歌

鲜红的血,是五二〇的血,
洒满了珠江路,
仇恨深深的在心头。
鲜红的血,是五二〇的血,
洒满了珠江路,
鲜血划出了我们的路,
今天我们在这里歌唱,
歌唱法西斯的灭亡,
我们要唱到南京解放的街头,
珠江路上的血没有白流。

【注】这首歌曲系1948年度,撤退到苏北的南京、上海两地青年学生(地下党员)在华中党校时演唱的革命歌曲之一,词、曲作者都是上海同学。由袁旭霞供稿。

对于朝鲜义勇队公演的感言

"阿里郎"的山岗,是难走的;纵然是大理石铺成的道路。
"朝鲜的女儿"的尸身,将是朝鲜"南天门"最下层的基底。

戏 剧

过 关

人物：

（一）出关的：

甲　三十几岁。山东人。个性：谨慎，多虑。衣服：破的蓝布短袄短裤，毡帽头。

乙　二十几岁。东北人。个性：直率。衣服：青布短袄短裤，皮帽。

丙　二十几岁。山东人。个性：顽皮稚气。衣服：不太长的蓝布棉袍，毡帽头。

丁　三十几岁。山东人。个性：固执寡言。衣服：黑布破棉袍束一腰带，前襟夹在腰带里，毡帽头。带下系着一个烟荷包和一杆短烟袋。

戊　二十几岁。山东人。个性：顽皮。随便一件什么样的破棉袄，毡帽头。

（二）入关的：

第一批　农人老夫妇，一个孩子，一个婴儿。

第二批　父与女，父，五十几岁。东北人。个性：善良。衣服：破棉袍，狗皮帽，有一个破的小柳条包，里面装着几件棉衣服。女，不到二十岁。个性：纯朴。衣服：男人服装。发辫编着红色辫绳。盘在头顶上。戴了很大的一顶皮帽，紧束着帽带，刚刚露出面孔的鼻子和眼睛。

时间　一九三五年，冬月夜，大雪之后。

地方　天下第一关（关内）

（在舞台的后方左斜面，厚雪蒙遮下露出天下第一关，关的右侧衔接着一段城墙，漠尽于辽远的夜空里。月亮由关后升起，皎洁的光线，从雪面反映上来一层淡漠的幽光。在城墙的垛口间，可以望见一条明亮的刺刀随着一个钢盔，时而停止，时而移动。冷风不时地拖着一种尖锐的叫声，卷起城楼上的积雪，像一片瀑布飞卷下来。关口与城墙之间，有一个慢岗，岗的顶点距地面三尺左右。甲乙丙依着岗的斜坡，蜷曲在自己的行李上。雪花向他们周围不断地袭击，使他们翻转着。丙在坐着，一边打扫自己头上的雪屑，一边用低沉的声音哼着小调。

丙　一封书信何日可能到？山遥水远路几千，一别已经年。卷帘看，柳絮舞花间，依楼添愁，愁那春光去……（从城上突然卷下一大片积雪，落在他的身上。歌声停止了。他愤愤地抖了一下。）日他娘！

乙　（突然坐起来，暴躁地）穷抖擞什么？总是他妈起来倒下的，什么东西。

丙　（不服气地）你睡不着老怨俺，俺怨谁？

乙　怨谁？人家刚睡着就叫你弄醒啦，刚睡着就叫你弄醒啦！

丙　（讽刺地）都到了这步田地，害有么心思睡觉？

乙　歇歇腿明天好走路啊。

丙　往他娘的哪走啊？

乙　你说往哪走？

丙　（想想）你说往哪走？

乙　那你不想出去吗？

丙　（伸长脖颈）往哪出啊？

乙　装他妈糊涂，出关！

丙　害他娘的出关呢，事情都叫你一个弄糟啦，你要不说你是关外人，俺们都快到千金寨啦。

乙　我看是你小子——

丙　俺怎的啦？

乙　一口山东话，紧之叭叭。

丙　你害怨俺叭叭，'那家伙'一枪嘴都对准你脑壳啦，若不是俺，你的命早就回老家啦。

乙　看不透，我为你，他妈多挨了两脚。

丙　俺挨的那两个嘴巴算谁的？

乙　活该你倒霉！

丙　就真倒霉吧，反正俺倒霉也倒你的身上啦。

乙　你说明白——

丙　不叫你俺怎能来？

乙　小样！不是你自个愿意吗？谁拿八抬大轿请你来？

丙　你以前，娘的，天天说你家乡日子好过，苦力又值钱，你老拿这话打动俺的心。要知道现在这色样，就是你家出金子，俺也不来。如今你看怎么办？弄的进退两难，俺真悔死咧，俺不跟你来，俺顾着老婆孩，害可以讨饭吃，人不亲，土害亲呢！

乙　得啦，你别唬我啦，我早看见你家那些讨饭的啦，孩子哭老婆叫地，两天要不到一顿饭，你没看见么？那你真是瞎眼虫！再说你老婆漂亮一点，也好下窑子，他妈，长得比猪八戒他二姨强不多，倒找钱都厌人干。

丙　（激愤地，放高了声音）放屁！你家乡好，你回去？

甲　（惊慌地被吵醒来，指一下城楼）什么事？什么事？

丙　（指乙）你看他睡不着觉，他骂人。

甲　你们除了打，就是骂。

乙　谁愿意老打架，这小子（指丙）天生就不是东西！

甲　（忧伤地叹口气）唉，俺们不都是一道来的吗？谁少说一句就完啦，俺也知道你们年青的人心好发焦，可是，谁害不一样呢？大家都到了难处，和气点，好商量商量怎么办，吵，闹，也当不了事情，这是我当老大哥说的话，你们信就信，不信拉倒。

丙　你说的倒对，可是，你不知道，一点也不怨俺，他挨了人家的打，找俺撒气，你想想俺挨了打，俺找谁去撒气？

甲　得啦，反正都是吃了外人的横亏，自个的人，唧咕什么呢？害是打打主意吧，不然就睡觉好啦。

乙　（预备要躺下，两臂张开舒展一下）啊啊……唔，他妈连膀子都抬不起来啦，（用左手揉了一下右肩）骨头像碎了一样。

丙　今天算是便宜你，苦头害在后头呢。

乙　（一边盖被，一边讥诮地）劝你歇一歇好啦，有这样力量，你留着明天使。

丙　（猛然抖落身上的雪屑）明天？明天俺不一定出关，不出关呢？

乙　那么，你要自个回去吗？好，（不耐烦地）随你去好了。（把被蒙在头上）

丙　不，害随你去？看笑话吧，哼，看哪个小子回不去老家！（愤愤地躺下去）

乙　（突然掀开被）他妈的，你……

甲　（制止着他们，声调非常和蔼地）嗳，嗳，俺劝你俩有话明天说吧。

丙　（愤然地翻了个身）倒霉，他娘的。

　　（月亮更高了一些。一种尖锐的惨叫，从关外的冷风里飘送过来，甲与丙被这惨叫声惊起）

甲　（倾听，低沉地）听——听——

丙　（困惑地）这是么？

　　（尖锐的惨叫声静止了。甲与丙又倾听了很短一刻，一齐躺下了。翻转几下身子，甲长叹一口气。一切又都沉寂了。冷风更加疯狂地卷起城楼上的积雪，整个舞台仿佛在厚雪里。有顷）

戊　（慰快的声音从舞台左后侧发出）到啦，到啦。

丁　（同）到啦，到啦。

　　（接着两个黑影沿着城墙，迟缓地移动着。丁戊背简单的行李走上）

戊　（蹒跚，疲乏地）哎呀，真不容易，六七百里……

丁　谢天谢地，狗吉子进的，再干一天，俺就得背你走啦。

戊　（突然，他把行李摔到雪地上）他奶奶（指行李）就是你累得俺好苦啊，俺要是知道这么吃力，俺怎也不带，俺……不带？不带你盖么？铺么？你要冻死啊。

戊　娘的，跑关东怎害混不出一套行李来？路上冻点怕么？好日子害怕苦么？……慢说混套行李，那赵老大跑关东三年功夫，家里就买了一个叶树园子，害有老王家大儿子不到两年功夫，家里就有了窝棚，害有那……（敲一下脑袋）呃呃，那李寡妇那个儿，在关东当他奶奶一年，只一年掌包的，回家就领来那么俊的小媳妇，嘿，你害没瞧着呢，嘿……

丁　（瞪戊一眼，不耐烦地）说，你说，一辈子你也说不完！（踢戊的行李）扛起来走！

戊　（预备要坐到行李上的样子）你抽袋烟，俺歇歇腿……

丁　（扯着戊的臂膀，催促着）走出了关，什么都安心啦，你爱歇，让你歇一年！

戊　好好，你松开，走走！（刚拿起行李）

丁　走，快。

戊　（随后又放行李）等等，俺要撒泡水。（一边解着裤带，一边转向城墙那面）

丁　（愤怒地）哪来这些毛病，让你撒水，俺走！

戊　（张皇地，又转回过身子，一边结着裤带）喂，俺不，等俺一道走。（赶忙背起行李一同向前走两步，越过那慢岗）

丙　（突然地）喂，往那走？

　　（丁与戊意外地被吓一下，后退两步，停在岗旁，伸长脖子探视）

丁　（向戊指向丙处）你看。

丙　看么？俺都是老乡。

　　（丁与戊仍然惊奇地，犹疑地往前走近些，一同俯下身子仔细看）

戊　（声音稍大些）你是——老乡？

甲　（突然惊醒坐起）谁？——又吵！

丙　这回可不是俺。（向甲指丁戊）

甲　（抬起头来）咦，哪来的这么吵。

戊　为么呀？你害管得了俺说话么？

甲　俺不管你，有人管你，哼，你哪晓得。昨天有一个人在这喊叫一声，就让人家一枪打死啦！

丁　王八的儿，谁他娘的这么凶！

丙　（指画着城楼）你看。

　　（丁与戊向城楼上仔细看了好久）

戊　那是么？明晃晃地直放光？

丁　么？

甲　老乡，你说那是么？……那是要命的家伙！

丙　（挥着拳头，不经心打在乙的胸脯上）吓，你们晓得啦！

乙　（被惊醒，突然坐起来，对丙）又他妈是你捣蛋！

丙　（狡猾地指划着丁戊微笑）俺老乡……

乙　（抬头望见丁戊惊奇地）喂！怎么又来两个？

戊　你们是做么的？

甲　得啦，得啦，不用问，俺们都是一样的，

乙　那可不是怎的？

丙　（调皮地插进一句，逼近丁望了一眼）你想俺是躺在这守关？

丁　（向甲）老大哥，你们也都是下关东的吗？（向前走近两步，认真地）老大哥，啊？

甲　是啊，是啊。

丁　（惊奇地）剩这远啦，怎么不出关呢？

乙　（叹口气自语）唉，怎么不出关呢？

丙　（顽皮地）俺是要歇歇腿。

戊　俺也搭个伴。（行李丢在地下，坐下了）

乙　（指丙对戊）你听他的话，死了连裤子都穿不上。

丙　你他娘……

甲　（不耐烦地）唉！一会儿你们又吵起来了。

　　（突然关外传来一阵女人在鞭下的叫声，像针一样刺着皮肉。那之间夹杂着一种被惊吓的渐续的孩子哭声。风雪仍是同以前一样。他们都是耸着耳朵倾听着，丙有时用手指给其余的指画着）

丙　（猜疑地）怎么又是一阵？

乙　你少说两句，害当哑巴卖了你！

　　（甲立刻摇着手制止住他们）

戊　（猜疑地）奇怪？

丁　（同）怎么一回事？

　　（甲又立刻摇着手，制止住他们）

丁　（放低声，对甲）到底是怎么一回事？你倒快点告诉告诉俺，俺也好明白明白啊！

甲　俺怎能知道，这是什么年头。

丁　你们到底是做么的？

甲　（指画着他们的周身和行李）你看看！

乙　你想我们害是瞎说吗？

丁　（急急忙忙地）那好极啦，俺们害是第一次跑关东，正好搭着了伴。（望望他们）俺一齐走吧，赶到关外打个早尖。

乙　（讽刺他）你想的倒不错！

甲　（插嘴，指着乙）你没有看看他家在关外，都回不去啦，害用说俺们外乡人吗？

丙　你没看看他（指乙），膀子都差点叫人打掉啦！

丁　啊，谁那么厉害？

丙　不用问，你惹不起。

丁　（愤怒地）日他奶奶！俺常听说人家跑关东，也没有遇见过一次——

甲　现在不是那个年头了！

戊　（奇怪地）啊？

甲　你听吧，害得打铺保，害得带几块钱，害他妈的……

戊　（焦急地）这不是笑话么？害要么？

丙　（顽皮地，然而不失为郑重）害许要命！

丁　别吓人，你说光把行李给他们留下行不行？

丙　请你问问去好啦，连衣裳也给他们留下，行不行？哈哈！

甲　（向丁戊郑重地指丙）这老弟总是屁屁流流地，现在落得有家难奔，有国难逃的时候，害是不知道愁……

丙　对喽，就你们知道愁。（他打了一个哈欠，随后很觉无聊地哼着：一封信何日可能到，山遥水远路几千……由轻声模糊不清渐渐地断了）

甲　（对丙）俺一点都不冤枉你。（转向丁）你也坐下，坐下，俺当你讲几句大实话。

（丁放下了行李坐下，认真地亲切倾听甲的发言）

甲　老乡，俺给你一个底：什么入国证啦，什么铺保啦，恐怕那倒都是他们故意拿这话难为俺，俺想，若是俺有十块二十块大洋，就应啰唆也没了……可是俺哥三个，七凑八凑害他娘不够五块钱，眼看钱粮也快吃光了，现在竟落得进退两难！老乡（羞涩地），老乡你们有多少，俺们凑一块儿，试试看，要能出了关，大哥卖铺盖还你……

丁　（爽直地）不瞒大哥，俺害剩三块（指戊，戊拉了下他的祆襟），他害比俺多剩两块。

甲　（低头计算着）哦你三块……他……他有五块……唉！（失望地摇了摇头）

乙　统共就他妈够一个人的。

丁　（绝望地捶着自己的膝盖）难道天老爷要绝人之路么？

（甲乙戊同声叹惜着。这时候从关外隐约地送出一个无感情的、单纯的叫声'执照',约半分钟以后,'检查完了吗',又约隔半分钟的样子,从城里狼狈地跑出来第一批入关的人,老夫妻俩都是拖散着衣裳,父亲扯着一个孩子,母亲抱着一个婴儿,一劲哇哇地乱叫。可是母亲非常害怕地用袖子堵住孩子的嘴。她自己不断地咒骂着'小冤家'这一句话。这时候甲乙丙丁戊的视线一齐集中到他们的身上。而老夫妻却好像只顾逃路,没有注意他们,从他们身旁跑过)

乙　(突然站起来摇着手)乡亲,乡亲……

　　(老夫妻同时扭过头来,同样向乙恶视一眼,马上又把头扭回去。脚步更快了些)

乙　(赶前两步摇着手)站下,乡亲。

　　(老夫妻已经走远了。他们的影子刚从舞台上消逝的刹那,可以听见那个女人用抖战的、像是祈祷时的声音说:"神佛保佑,千万别再让我们遇着那鬼吧!")

乙　(再摇着手,然而他的手已经是同声音一样的软而无力了)乡亲……站下……(以后完全伤感地摇了一下头,就呆立在原处凝望着)

丙　得啦,老哥,人家都不喜欢你,你害硬套近旁呢,乡亲,乡亲,你看准是你的乡亲?

丁　真怪?关东人怎么害跑关西?

乙　(转身蹙着眉头,自语着)唉……不知道家乡弄成什么样子啦,也许……害有我的家?

戊　管他家不家呢,反正关东城是比俺山东老家好活得多。

丁　不会说话,连听话都不会听?这位老乡人家是关外人。

丙　(小声唱秦腔)身在外,心在家,提起家来泪汪汪……

甲　你真有点不知道愁。

丙　(仍唱秦腔)不知愁,不知愁,这年月,黄河水倒流咧……

　　(突然关外又传来女人的尖叫声,和男人的粗噪的叫声,互相地起伏着。然后女人的叫声像被一种绝大的压力压碎了一样,于是只有如下隐约可及的话语:"我的……慢慢得哪……你的我的……快快的'心交'得哪……你们害怕的没有……我……的……金票……大大的有……")

　　(甲乙丙丁戊,都是莫名其妙地耸着耳朵倾听)

丙　（顽皮地）这是他娘的鬼叫，鬼说话你们懂？
甲　你先别吵，听。
　　（几声深沉的犬吠声从关外传过来）
丙　你听，这是狗。
乙　（虚伪而畏吓地）你没有看见哪，关外的狗真大，厉害的都吃活人？
戊　（打个冷战）嚄！真他娘凶！
丙　关外的人也跟狗一样吗？
乙　他妈的，竟来转换骂大爷，你不用拿假话当真话，关外有的人恐怕比狗还要凶呢！
丙　打死他王八日的！
乙　（比较大声地）看你熊色，（指着城楼）你试试。
甲　别吵，你们看，又出来两个，你们看，是不是两个？
　　（由城门渐渐近了一种呻吟的声音与疲劳的喘息，随着走出第二批入关者：父拖着一个小破柳条包，女一手揉着眼睛，一手扯着他的衣服。）
父　（安慰地）好了，好了，不要怕，咱们已经逃出虎口啦！
女　（加重呻吟几声）
父　不要怕。
甲　（向父女摇着手）喂！
女　（尖叫一声）呀！呀！
父　（颤抖起来）啊……啊！
　　（女紧紧地贴近父的身旁，尽量让脖颈伸长，探视着甲乙丙丁戊）
甲　你们是到哪去的？
父　（赶快回答）逃难的啊！逃难的啊！
甲　（惊疑地）咦！往哪逃？
乙　（惊疑地）逃什么难？
父　关里关里。
　　（乙的话引起女由呻吟转到哭声）
父　（对女）别别！（对乙）再不逃害得了，连死都没有地方死啦。
　　（他们同时怔了一怔，头向父集体看去，注视着。丙靠近乙身时，被乙一把推开，他想说话，又压制下去）

乙　（对父和女）你们坐下歇歇，咱们唠唠，是，咱们唠唠。听你们的口音，咱们害是老乡呢。

（父把小破柳条包犹疑地放在地上，又慢慢地像摸索又像探试地走近两步，坐下。女依在他的身后）

父　你是什么地方人？

乙　绥中万家屯。

父　我离万家屯害有五十多里地。

乙　那离这不是很近吗？你们怎么害赶夜路呢？

父　（叹口气，好像要哭似的）唉，你看我们爷俩走一路叫"人家"检查啦，一路你看。（他指遍了他女的周身和坐在身下的小破柳条包）

乙　你这老头，你也不看看你自己的胡子，老啦，老啦，不知道好歹，这么大岁数啦，往关里跑什么？

丙　（插嘴）俺往外出害出不去咧，你害往里跑呢？

父　不往里跑怎么的，爷俩害不找条活路吗？

丙　（讽刺地指给大家看）关里那有活路给你找啊，你没看俺们。（他指着他们自己）

乙　到哪都不如在家守地。

父　乡亲，我告诉你吧，咱们家乡不是前几年那样子啦。前几年虽说穷人也不少。总是害可以东跑跑西闯闯，凭自个一把力气，到处可以混碗饭吃。再说，咱们家害有几亩地，两间破房，吃高粱米，大大小小的，一年到头总可以对付过去。从那年事变后可是你知道不知道那回事？

乙　（点点头，哼了一声）

（所有的人没有一句话，没有一个动作。大家都细心地听着父的话）

父　什么都完啦。地做了飞机场，房子驻了兵，住家的跑得十家九空。

乙　跑什么？过你们的日子就得啦。

父　就是因为没跑，老婆和孩子都叫飞机炸死啦。你看，现在只剩下我们爷俩。

乙　那现在你们怎又想跑啦呢？

父　天天打仗，天天听着炮弹呼隆呼隆地震得房子叮咚山响，鸡犬不宁。我们爷俩再不跑也就死啦！

（听的人像抽去骨子一样，松软地动作几下，互相望了几眼，仿佛有话要说，终没有说出一句，空空让时间死静地过了半分钟）

丙　（放出一口长气）哎呀，俺的娘！

戊　（放高声音）日他亲娘祖奶奶！

甲　又不加小心，小声些！（向父疑问地）仗不早就打完啦么？现在害天天打么仗？

父　哪里，仗是一辈子也打不完啦，老百姓都变了义勇军，一天比一天多。呃，这一两年越来越糟啦，有地，地不能种，卖地，地又不值钱。这一下就活活逼死了庄稼人，年青少壮的蹲在家里没活像小鼻子……

丙　么是小鼻子？么？

乙　嘘……嘘！（同时指到城楼上，噘一下嘴）

丙　这么小声说话害不成，你不是在找俺的别扭么？

乙　（讥笑）你小子该多混蛋！（又指着城楼）小鼻子就在那上头。

甲　（对父）老伯，老伯，你讲！

甲　对。

父　他，就他，就硬说你是红胡子啦，义勇军啦，抓去就活埋，挨个枪毙死个痛快，那都算是祖宗的德行哪！

丙　（对乙）嗬，真他娘凶，你为什么早不说，俺要早知道，俺甘心活活饿死家里，俺也不他娘的死外乡。

乙　连我也没听说这么厉害呢。唉，我梦也没有梦到。

父　俺梦到啦呢！眼下，乡下的姑娘媳妇都不敢露面。

戊　那为么？

乙　不必问啦，反正除了强奸就是轮奸。

（女尽量拉下头上的破狗皮帽子。而且羞愤地低下头去）

丁　娘的！谁他奶奶这么凶？

甲　俺想中国人不能这么糟践中国人。

父　（痛快地）你，你算一点也没有说错（突然极为愤怒）我恨透啦，我恨不能把他一口咬成两截。

女　（扯着父的衣襟，用不尽像的男子声音说出一个字）走！

父　我今天看见我的亲人啦，我要把这几年的鬼气，一股脑子都倒出来。害有，我也得喘一喘气啊！

女　（仍扯着父的衣襟，用不尽像的男子声音说出一个字）怕……

父　用不着害怕，进了关就是咱们中国啦……

甲　对啦，（向父指画着女）是老伯的儿子？

父　（怔忡地）呃……呃……

丁　积福气哪！啊？

丙　这老头怕么？这么大的一个后代。

父　这个福气可好，不瞒你们哥几个说，我若不是为了这孩子啊，（打了个唉声，语声有点呜咽了）我早就跟老伴死在一道啦！你们哥几个想想，如今我这么大年纪……落得家败人亡……简直，简直我是他妈人财两空！

甲　老伯，不要太伤心，这个年头家败人亡，都算不得稀奇，再说老伯害这么大的一个后代香火……

乙　真害算是万幸。

父　唉，唉，对你们哥几个说实话吧（费力地）这，这是我的女儿。啊，你们看，（父把女的帽子摘下去，辫子随即拖下来）我以后怎么办呢？
　　（甲乙丙丁戊一齐惊奇地把视线投到女的身上。上下打量了好久。女用袖管遮在脸上，装作揩眼泪）

丙　咦！害是个大妞。

甲　（对丙）你少说话，（对父）脸怎么流了血？

父　鬼抓的！

女　（本来的声音，制止地，袖管仍放在原处）你别说呀，爸爸！（顿着脚放声地哭一声，立刻又像被什么梗住）

父　别说什么？谁不知道他们强奸民女，（暴躁地）谁他妈不知道。
　　（丙与戊相对地嘟囔一阵以后，又看女一眼）

女　（突然把头插到小破柳条包上，绝望地喊）我不想活了啦！我要死！

乙　（牙齿切着咯吱咯吱地响，眼睛几乎要突出来）这是什么世界？

父　（俯身抱起他的女儿安慰地）用不着，用不着，好孩子，别伤心哪！将来一定有人给你妈，给你，给我们报仇！

乙　天晓得。

父　（渴望地向大家）听说十九路军要打关东，眼下开到什么地方了？

甲　老伯，你是说的在上海打败鬼子的那个军吗？得，得，听说跑到云南去啦。

父　什么云南——云南离这有多少啦呢？

甲　俺不知道，反正知道从这往南（手举高，指着观象那方面，其他的人的眼睛，不约而同地顺着甲所指的地方，伸长了脖颈，贪婪地望去）往南！往大南！

父　可远啦，什么时才能到呢？

乙　等日头从西出来，等狗长犄角！

丁　俺们真不知道，关外人害有老婆等呆汉子呢？你们等谁打关东啦，听说中国的军队都退过了黄河。

父　（不相信地摇着头）这，这都是梦！梦！

戊　可不是梦，是么？好好的江山都梦出去啦，害讲么？

丙　（畏缩）冻死俺啦！

父　关外的天比这害冷呢！

丁　就隔一道关，能差那么多？

父　（加重地）哼，真冷？

丙　（问乙）以前呢？

乙　我总觉得没有多大差别，也许，——现在什么都变啦！

父　你是怎么回事，是要回老家吗？

乙　（绝望地）要回去，又能怎的，关也飞不回去（自语）唉，害有什么？

父　（向其他几个）你们哥几个是跑关东的，是不？

甲　（点了点头）关东跑不成家也回不去咧。

父　什么缘故？

戊　听说没钱过不去关，是真的？

父　我知道，前一个月，就有你们的两个老乡也是跑关东的！出关的时候，他们俩有十几块钱，全让小鼻子搜去啦！

戊　噢哈，搜去啦！

父　他们俩赶路没有钱买干粮，正好讨饭到我们那村子，遇见鬼子兵抓去就活埋啦，对村长说从关里来的没有好东西，除了密探，就是义勇军。

丙　从关东里的没有好东西？俺日他亲奶奶！

甲　哎呀！俺们出去，不也是送死吗？

乙　我是不管那个的，只要能过，就过。

丁　俺也不怕，左右来回一般远，回去要俺饿死喂大狗啊！俺日他娘的，和他拼死，死也死个狗人，俺害得看看关东城！

父　（对了）关东城看不得啦，依我看，咱们一道走吧。到关外是死头多，活路少。

丁　老伯，你不知道，俺山东家实在没法过啦。单说今年夏天闹大水，俺那村子哪一日不饿死十几个。

父　中国不是有好几十省呢吗？哪省害不能去，准得跑关东？

甲　除啦关东哪一省也不能去，南方闹水灾，关西闹饥荒，那地方的难民害没地方找饭吃呢！只有关东，谁晓得关东又弄得这么紧！

父　唉，这是怎么弄的呢？关里关外一样的不易生活！（不停慨叹）唉，唉，天下真是一年不如一年啦！（稍加思索）那么，你们哥几个害要出去吗？

戊　出？出也出不去。

乙　出不去也要出！

甲　（握紧了拳头，比较大声地不可抑止地）真是强盗啊！

乙　（疯了一样，一切都不顾及了）强盗！强盗！

　　（当甲喊了一声"真是强盗啊"的时候，在城楼上那顶钢盔和刺刀就在一个垛口间停住了。后来当乙喊着第一声"强盗"的时候，明晃晃的刺刀由垛口垂伸出来。当乙扬着两臂向城楼大呼第二声"强盗"时，枪突然响了。乙的右手应着枪声按住左胸口，向后跟跄了两步，接着又是挣扎地伸起左手，冲向关口去）

父　（失声地）回来！

女　（抖颤地把眼睛插进父亲的肩膀里）爸爸！

　　（甲，丙，丁，戊同样地做出激愤与恐惧的样子）

乙　（距关口还有三两步远，拖着刺刀的枪口在钢盔下直垂来。冷风更加紧卷着积雪，远处有犬吠声）强盗！还给我的家乡！（几乎是咆哮）

　　（枪声正落在"乡"上，幕急落）

《没有祖国的孩子》（两幕剧）
——五九·雪耻与兵役扩大宣传周剧本之一

舒群原作 | 破锣改编

地　东北
时　第一幕　九一八之前
　　第二幕　九一八之后
人　果里　十五岁　高丽籍
　　果里列夫　十四岁　中国籍
　　果里沙　十三岁　苏联籍
　　果里的哥哥　二十岁
　　苏多瓦　中年女教师　苏联籍
　　男女小学生　十几人　苏联籍

第一幕

景　　学校外的一块草场上，黄色的蒲公英从草丛里伸出来，一堆一堆的，山与河做了草场三面的边界，另一面是无际的远天连着地，学校是站在草场的东北角，校门上面竖起的一面苏联、一面中国的一支旗子，在秋风里光耀地飞舞。三五头牛散开在草场上，像天上的星星一样细小，躺着的，吃草的，追着母亲的……
　　　　幕开，果里坐在土岗上吃着面包皮，眼睛在搜索着牛的动作，牛的去向。果里列夫、果里沙，从学校出来走向草场去，果里列夫口里唱着：敕勒川，阴山下，天似穹庐，笼盖四野。天苍苍，野茫茫，风吹草低见牛羊。他俩走到了草场，随手拾起石子打着牛，破坏了牛的安详，弄起一阵恐慌。

果　　里　（连忙大声喊）不要！牛害怕。（他们不听，迫使果里着急了，鞭在地上响了几下……）

你们再这样，我告诉苏多瓦去。（果里沙用手指比画着自己的脸，果里的脸，意思是让果里看看自己的脸和他的脸，在血统上是多么的不同）（果里沙又点着自己的鼻尖，高傲地对果里说）我们CGCP。（俄文：苏联简称）

啊！果里列夫，CGCP？他是中国人，怎么行呢！我是高丽人，怎么就不行？

（果里沙打了两个口哨后，装作苏多瓦讲书的神气……）高丽？在世界上，已经没有高丽这个国家！

（这话打痛了果里的心，果里的脸比击两掌还要红，没有话说，便不自然地走开了去）

果里列夫　果里沙，以后不许你再对果里说世界上已经没有了高丽的国家，你看，这使果里多么难过。（果里列夫好像教训果里沙，很厉害的）

果　里　沙　你看高丽人多么懦弱，你看高丽人多么懦弱！他们早已忘记了他们的国家，那不是耻辱吗？

果里列夫　这不见得，我不是告诉过你关于安重根的故事吗？他是怎样勇敢的一个人。（果里沙没有言语，他俩又找果里去。果里在那里默默地站着，头低下来，他竭力地把头低下来）

果里列夫　果里，果里沙给你气愤了吗？

果　　里　不是，绝不是的。（果里话虽然说得一个字音没有脱落，不过，他的姿态太拘束太不自然，似乎对陌生人一样的没有感情）

（果里沙还是原有的脾气，指着学校屋顶上飘起的旗——一半属于中国，一半属于苏联——对果里说）果里，你看这旗多美！（这给予果里很大的耻辱。果里容忍不下去，离开了他们去给牛蹄擦泥水）（大家没有作声，果里列夫暗地里埋怨果里沙的轻蔑）

果里列夫　牛蹄太脏了，你不怕脏吗？你擦它做什么？

果　　里	就是因为太脏了才擦的。牛的主人是不允许牛蹄脏的啊！
果里列夫	那么，你为什么带着牛从河边走呢？我们宿舍门前不是很清爽吗？
果　　里	我是不配从你们宿舍门前走的。
果里列夫	果里，你不要气，我们那些同学虽然有时会说几句俏皮话来讥笑你，其实他们都没有什么恶意的。他们都很喜欢你的。就是果里沙，他何尝不是说说玩的？他也是很喜欢你的。以后你还是从我们学校的门前走的好，我们学校门前清爽得多啦！（果里用眼睛望望果里列夫，又望望果里沙，没有作声，但点点头，这表示得到几分安慰的感激）
果里列夫	（突然想起似的）啊！我几乎忘记告诉你！我们的同学都愿意你到我们学校读书，也做我们一样的学生，大家都愿意有你这样的一个朋友。我们昨天和苏多瓦说过，请苏多瓦送你到我们学校来读书，果里，她已经答应了，等告诉你哥哥一声便行了啦！
果　　里	真的吗？（果里第一次笑了）
果里列夫	哪不是真的？
果　　里	好。那么我今天回去对我哥哥说，明天我来上学。（果里高兴了，便从里面的衣袋里拿出他一向保存的相片剪下来的人头……男的是他的爸爸，女的是他的妈妈。）
果　　里	你们猜这是什么东西？这里有爸爸，也有妈妈。（果里沙与果里列夫争抢着看）
果里列夫	妈妈这么老，爸爸那样年青呢？
果　　里	妈妈现在还活着，爸爸是年青就死了的。
果里列夫	死得太早了。
果里沙	是怎样死的？
果　　里	爸爸死得太凶呢！
果里沙	说给我们听听看。
果　　里	爸爸是读书的人，看，这不是还留着很好的头发吗？爸爸的胆子大，那年他领着成千成万的工人，到总督府闹起来，打死了三十多人，爸爸被抓去了，三个多月，妈妈天天去看，一次也没有看见。妈妈不吃饭了，也不睡觉了，在樱花时节那天，妈妈差不多不认识

爸爸了，爸爸只穿了一条短裤子，肩上搭着一块手巾，肋骨一条一条的，很清楚，那上面有血，有烙印。妈妈哭着，爸爸什么也不说，到爸爸上车的时候，总是喊着……看樱花的人追着车看，妈妈也追着车看……在刑场上，拿枪的兵不许妈妈靠近爸爸，爸爸的身子绑得很紧，向妈妈蹦来几步，对妈妈说，你好好地看养孩子，不要忘记了他们的爸爸今天是这样被……枪响一声，爸爸立刻倒下去——那时候，妈妈还没有生下我，这是妈妈以后时常讲给我听，我记住了的。

果里列夫　那么，妈妈呢？

果　　里　妈妈还在高丽。

果里列夫　你们怎么来了？

果　　里　妈妈说——我们不要再过猪的生活，你们找些自由的地方去吧！我老了，死了也不怕。五年前，妈妈到姨母家去住。我们来中国的时候，我才十岁。

果　里　沙　原来是这样的。

（斜阳已渐渐地靠近山顶了，果里的哥哥背着锄头从田间来，以下略称哥哥……）

哥　　哥　果里，你还在这里吗？天快要黑了，怎的不把牛送回去！

果里列夫　我们和他谈谈，时候还早呢。

哥　　哥　你们谈些什么？

果里列夫　让我告诉你，我们已经和苏多瓦说好，叫果里明天到我们学校读书，和我们一样的学生，我们大家都愿意有他一个朋友，你觉得怎么样？苏多瓦说，只要你肯就行了啦！

哥　　哥　我种地太苦，唉！还不赚钱，也许有时要赔钱。你是中国人，你没有看中国年年有灾祸吗？我们吃饭全靠果里放牛的钱，到冬天又要歇工，好几个月得不到工钱。我知道读书对他好，我是他的哥哥，我不愿意我的弟弟好吗？如果只是我们两个人，他可以去，我不用他管，家里还有母亲呢，每月要给她寄几块钱吃饭，唉！不像你们中国人还有国，我们连家都没有了！果里，这你不用想，你得替苏多瓦放牛，寄钱给母亲吃饭。书是有国有家的人才能读的。天快要

果　　里	黑了，快些送牛回去吧！（果里和哥哥驱着牛回去了。）两位小先生，明天见。（果里列夫他们望着果里兄弟驱着牛回去了，人和牛的影子渐渐不见了）
果里列夫	（自言自语）不像你们中国人还有国……（果里沙又突然想起高丽，世界上已经没有了高丽这个国家）

（幕徐下）

第二幕

第一景	九一八之后一个月光景。
景	一间教室，壁上挂着一幅世界地图。
	幕开，距离上课时间还有半点钟，一班男女学生在课堂上知道他们这一班要有一个新来的学生，但他们不知道新来的学生的底细，于是他们随便猜扯起来。
甲（男生）	新来的学生是个漂亮的姑娘。
乙（男生）	那最好和我同坐。
丙（女生）	新来的学生是个猴样的男生。
甲	那最好和你同坐。
丙	和你同坐，我才不肯呢！（教室里的门突然开了，他们以为苏多瓦来了，各自悄悄地到自己的书桌前坐下，装作整理书本，修铅笔，果里穿着学生制服进来，大家都惊异起来）
乙	果里，是你来这里读书吗？我们谁也猜不着。
甲	我还以为是个漂亮的姑娘。
丙	我倒说是个猴样的男生呢。
果里沙	果里，你还有脸来见我们吗？
甲	真的，你没有脸来见我们了。那次我们去游山，你替日本鬼挖壕沟，我们叫你，你也不敢应；我们走近去问你，你也不敢作声；你怕那个日本鬼子，鬼子踢你的头，鼻孔里流血，你也不敢出一句声。你像一只老鼠，十足像一只老鼠呢！
果里沙	十足像一只老鼠，我见他几次跟那佩刀的日本鬼子从我们宿舍前走

	过，我骂他，他不理；我用石子掷他，他也不理。他一点也不知羞耻！
乙	他替日本鬼子背水壶，食粮袋。他投河时给一个打猎人看见，才拖他上岸来！
果里列夫	你们这些人总是喜欢找人家的不好过的事情说，爱讥笑人家，这都不是苏多瓦教我们的同情的态度，过去你们不是愿意果里来我们学校读书，做和我们一样的学生吗？你们不是愿意有他这个朋友吗？现在果里来了，我们应该同情他，爱护他才对，你们怎么反讥笑他，轻蔑他呢！（脸向果里）果里，现在你高兴了吧？
果　　里	我不是骗你，我真不高兴……（仿佛有极大的恐怖、痛苦，留在他的眼里）苏多瓦待我太好了。给我养好病，又送我到学校来。
果里列夫	你是怎样投河的？
果　　里	忘记了是哪一天，日本鬼子告诉我，他们要走了，要我哥哥去，还要我去，我知道去了就没有好。我想爸爸是在日本鬼子的手里死了，妈妈怕我们像爸爸一样，才把我们送出几千里以外的地方来。谁能想到日本鬼子又在几千里以外的地方攫住我们，夜夜都没睡觉，哥哥望着我，不敢说话！
果 里 沙	和老鼠一样。
果　　里	那天，哥哥跟着走了。（态度沉静起来，不像个小孩子似的）我还跟着那个带刀的日本鬼子……（眼睛向着众人，好像询问他们有没有看看他所说的那个带刀的日本鬼子，众人向他点点头）
果 里 沙	那天用脚踢你头那个。
果里列夫	果里沙不要打岔。
果　　里	船上除了我们两个人，还有一个船夫，日本鬼子正用铅笔记着什么，我心跳，跳得太厉害了。你们猜我想做什么？
学 生 们	（同声地说）想投河呢！
果 里 沙	（突然跳上书桌，轻快地说）你们说果里想投河，我说太不对，你们知道吗，河里有老鼠洞。
果里列夫	果里沙，请你少说些话好不好？
果　　里	在河里，一共是三只船，两只在前边，我们在后边，前边的船走得

才快呢！没走到三四里的时候，离开我们有半里多远。等他们拐过老山头，我们还留在老山头这面。我只觉得一阵的麻木，我的刀已经插进日本鬼子胸口，然后，我被一脚踢下来，再什么也不知道了。（把头转向果里列夫）你知道那把刀？是你借我的啊！

果 里 沙　好样的！好样的！（双手抱住果里）这才是我的好朋友！

学 生 们　好样的！好样的！（双手抱住果里）果里是我们的好朋友！（苏多瓦进，学生们各回自己的书桌前坐下）

苏 多 瓦　果里，你到最后那一个位置坐下。（果里按指定的位置坐下）（在讲台上）今天新来的那个学生，你们都认识他没有？

学 生 们　认识，果里。

苏 多 瓦　是的，他叫果里，他是高丽人。高丽，在世界上已经没有了这个国家，所以他是没有了国家的孩子。世界上最惨的是没有国家的人，所以你们以后应该可怜他，同情他。你们知道高丽是给谁亡了国的？

学 生 们　日本鬼！

苏 多 瓦　是的，日本鬼，你们看，（指壁上地图）在这地图上，靠近海洋的一角，不是有他的祖国涂着和日本一样颜色的疆域吗？同时你们更应该知道：日本不但是高丽的仇人，同时是我们苏联的仇人，中国的仇人，这是以前讲历史时候讲过的，所以你们以后不应该有彼此之分，应该联合起来，认清公共的敌人，为国家民族雪耻！现在我来教你们唱一首歌："谁不爱祖国，我们是祖国的孩子。谁辱没祖国，我们为祖国雪耻。我们是朋友，我们联合在一起。日本是公敌，我们要抵抗到底！"

（幕徐下）

第二景　　九一八之后的四个月，一切场面和第一景相同，只是学生们换了冬季的服装。

幕开　　　苏多瓦站在讲台上，学生们坐在书桌前。

苏 多 瓦　今天是最后的一课，大家不是看见我们学校的周围到处都插着太阳旗，到处都住满日本鬼子吗？这几天戴着钢盔的日本鬼子是一队一队地开来，所有的民房都给日本鬼子挤满了，连果里那个垃圾箱般的屋子都住了日本鬼子。现在日本鬼子都要威胁我们，要我们学校解散，霸占我们学校做大本营，你们不是看见我们学校门口的旗子被迫换上一面太阳旗了吗？大家知道：这些日本鬼子是没人性的，极残虐的。我们为着安全起见，我们不得不暂时解散。不过，大家要记住，我们的学校是被日本鬼子威胁而解散的。这是我们的耻辱！大家不要忘记这耻辱，大家将来要洗雪这耻辱！

学 生 们　我们打倒日本鬼！（果里列夫立在教室门口，报告一声"迟到"）

苏 多 瓦　进来！（果里列夫走到自己的座位坐下）果里列夫，今天为什么迟到？

果里列夫　这地方不安宁，叔叔把祖母送走。祖母留我吃了饺子。（果里列夫战战兢兢地，怕被谴责的样子）

苏 多 瓦　学校解散之后，你们到什么地方去！（果里列夫暗里问同坐的同学，学校为什么解散）

苏联学生　回祖国去！

苏 多 瓦　果里列夫，你？

果里列夫　回祖国去！

苏 多 瓦　怎么回去？

果里列夫　叔叔回来接我。

苏 多 瓦　（从讲台下来走近果里身旁）果里？

果　　里　什么？

苏 多 瓦　你呢？

果　　里　（咕噜了一声，说不出话来，他只是呆着，呆望墙壁上悬着一张世界地图……最后）跟果里沙去吧！

苏 多 瓦　（做出孩子一样的讽刺，手指点着果里的头，果里的头渐渐地沉重下来，她立刻又严肃起来）果里，你不能跟果里沙去的，将来在高丽的国土上插起你祖国的旗子，那是高丽人的责任，那是你的责任！

果　　里　是的，可是现在到哪里去呢？我是没有祖国的孩子！

果里列夫　果里，跟我回中国去，你虽然没有了祖国，但是，中国是你远祖的国家，我们是兄弟，兄弟应该联合起来，为我们的祖国雪耻！

苏 多 瓦　对的！果里，你得回中国去，回中国去联合你的远支兄弟，光复你的祖国，在高丽国土上插起你祖国的旗子！现在各人收拾行李，各回祖国去，将来为祖国雪耻！

学 生 们　我们联合起来！打倒日本帝国主义！

（幕下）（完）

路（独幕剧）

时间　冬夜
地点　北方战场附近
任务　农夫兄弟
　　　一些难民
　　　许多伤兵
　　　盲者
布景　三面是望不尽的层累的山峦。其间，隐约可见一座古塔的小影。其后是天，天上有不完整的月，有一两所茅屋。其峦侧，是一农家，露出有窗门的一部分。其右侧，是远到无止境一般的森林。这一切都染了雪，仿佛是一个银白的世界，这之间，是甲乙丙三条路的中点。甲路，在农家院前，是通到远后方去的。乙路在森林中，是去往与甲路相反的方向的。丙路，在显得最近的一垄田上，是像一条黑带似的绕过这山后的。
间幕时　风雪交加。在风雪中，有一老头，一抱婴儿之少妇从丙路上。他们默默地徘徊了一刻。这是说，他们在逃亡的旅途，失迷了路径。最后，他们终于停下了。
老头　（凄然地自语）走……走到天黑了，这是走到什么地方啦？
少妇　（自慰地）不管走到什么地方，总归是走好。（向婴儿，母性地）宝宝，你说是不是？（亲爱地）是不是？
老头　（制止地）算了吧，这个孩子快要冻死啦。给他包好，别让风吹进去。（伤感地自语）哼，大人遭罪还可以，也许从前作过孽。可是孩子有过什么罪呢？他的心……比什么……比这雪都干净……
少妇　（劝阻地）爷爷，你总是这样麻烦。还是少说两句话，多赶几步路吧。

老头　（有些气愤地）你又要来管，是不？

少妇　（容忍地）爷爷，你看月亮那么高，时间已经很迟啦。我们总要找个地方过夜吧？

老头　（气愤地）你们女人家，只晓得睡觉。别的什么都不管……

少妇　我是想快点儿走，怕小宝宝冻着。

老头　（伤感地）唉，丢下祖坟，丢下几代经营的家产……一年吃不完的粮食，还有……还有两个肥猪，离开老家走啦。现在光身一个人，没带一点儿东西，走……走到什么地方去？

少妇　谁愿意走，这不都是因为……（催促地）爷爷，别麻烦啦，赶快走吧！

老头　（反感地）好，走，走吧！

少妇　（探望一下甲乙两条路）往那边走呢？（向老头）爷爷，这有两条路，走哪条？

老头　（索性地）随便走哪一条！

少妇　（不得已地叹了一口气，然后怨言地）我受苦，真受够了……（向婴儿）若不是为了你，我走什么？有我一条命什么都够了……（不自主地哭起来）

老头　（软化地）好了，别哭。（向农家望了一下，走去敲门。）有人吗？（农夫弟从旁门出）

老头　我们是逃难的。我问你，（指指路）这一条是往那儿去的？

农弟　这是往前线去的。那边就是打仗的地方。你们走，（指甲路）要走这条往城里去。

老头　对了，走往城里去的。（向少妇）走吧，这一条。（向农弟）谢谢你（老头、抱着婴儿的少妇从甲路下。）

　　　（农夫弟同情地望着去者，叹息一声）
　　　（农夫兄从房间急促地上）

农兄　（焦急地）……赶快决定呀！

农弟　（不耐烦地）不是已经决定了吗？

农兄　（责难地）决定了什么？

农弟　（坚决地）我决定不走！

农兄　你不走……你为什么不走？喂，（指茅屋）你看看人家早走了，这一村子，也不过只剩下几家。我们不走，还等什么……

农弟　你要走，你走吧！

农兄　（同胞感地）老二，现在只有我们兄弟俩，生死都要在一起。（几乎请求地）老二，你别这么固执，我们赶快收拾收拾行李走吧。

农弟　大哥，你别提"走"这个字，你一提起来，我就不好受。大哥，这几年倒霉的日子，天天走，差不多从北方去到南方了，走到现在……走得妈也没有了。三妹也没有了……

农兄　老二，人的寿命是有定数的，人一到临死的时候，想多活一天也不能……

农弟　我就讨厌你说这种话，若不是天天辛苦，妈和三妹怎么会病呢？怎么会死呢？（愤怒地）这都是走路走的！

农兄　谁愿走路？还不是……还不是日本鬼子逼的吗？从那里逼到这里，又要把我们从这里逼到别的地方去……还不都是逼的吗？

农弟　（指责地）逼你，你就一走啊？

农兄　不走，难道等死吗？

农弟　走也是死，不走也是死，何必多一次麻烦……

农兄　走，总比不走好……

农弟　那么妈和三妹呢？

（稍停）

农兄　老二，你不要这样固执，我们赶快收拾收拾行李走吧，说不定今晚日本鬼子就要打到了。若是真的，那时候，你想走也走不了了。

农弟　大哥，我们走，我们走到哪里止？我们走的路也不算少了，我们已经走过了几千里，我们一家人走得四零五散……走到天边去吗？现在又要走，走到哪里？哪里有我们住的房子，还有我们种的田地……我不愿意走，我不能再走。

农兄　你以为我愿意走吗？哼，我一赶起走，我的心就碎了。（欲哭）

农弟　（倔强地）那你何必又要走呢！

农兄　话又说回来了，不走，不走，难道我们就等死吗？

农弟　那可不一定，无论如何，也得比量一下，□看到底谁死谁活。

农兄　（胆怯地）啊……你别说这些可怕的话。……你看，我的腿部有些发抖了。老二，听我的话，我们走吧，快走吧。

农弟　你这个胆小的，人家咳咳一声，也许吓你一跳。

农兄　老二，命是最紧的，一个人除了性命，还有什么？

农弟　命是要紧的，谁能长生不死呢。可是，死，要死得值得！

农兄　老二，别说这些用不着的话吧。若是我们要迟了，什么都完了……

农弟　大哥，若是走，你就一个人走，我是不走的。

（一群难民从内路上）

其一　（向农兄）喂，老乡，离城还有多远？

农兄　还有十五里。

其二　怎么，问来问去总是十五里？

其一　管他十五里，廿五里，走吧，（望一望甲路）往这边走，对吧？

农弟　对，就是这边。

其一　（向其余的难民）来，跟我来。

（难民从甲路下）

农兄　弟弟你看人家都走了……

农弟　人家都去死，我们也跟着去死吗？自己不算算自己的账，只是看人家有什么用处。

农兄　现在不是我们弟兄吵嘴的时候了。（果断地）赶快有个决定吧！是走，还是不走？

农弟　不走，不走，我说差不多有一百遍了。你还问，问什么！

（农弟愤愤地从房间入）

农兄　（望着房门）不走，就不走，何必发脾气。（有所感地）走，你以为就是为了自己吗？哼，还不是一半为你打算吗？

弟声　谁用你打算？我也不是几岁的小孩子！

农兄　（气愤地）不许你和我吵嘴，你对你哥哥这样，也不怕人家笑你吗？越长越没出息……

（农兄从房门走入）

兄声　（渐远地）越长越没出息……

（一群难民从丙路上）

其一　你们等等，我去打听打听路，（走去敲门）请问，到城里还远不远？（消停）喂，请问到城里还远不远？

弟声　不远了。

其一　还有多少里？

弟声　还有十五里。

其一　（疑心地）多少里？

弟声　十五里。

其一　住哪一边走呀。

弟声　旁后。

其一　哪边？

农弟　（从房门出，指甲路）那边。

其二　（退缩地）不对，不对，那便是打仗的地方。

农弟　（不愉快地）不对，那你去问别人呀！你何必问我？

其二　（不满意地）我问你，是瞧得起你。

农弟　你这个逃命鬼，你想打架吗？你有这样本事，往后逃什么，怎么不到前方去？

其一　（向其二劝阻地）对呀！走吧，以前我走过的。（难民从甲路下）

农弟　怕死的东西，一提起打仗地方，腿就抖索起来了，若是给你一支枪，你都不敢拿，……哼，像我大哥一样。

（一个伤兵撑着手杖从乙路上下）

农弟　喂，同来，你走错了，（指甲路）往那边去。

伤兵　谢谢你，谢谢你……

农弟　（同情地）走累了吧。

伤兵　伤都受了，还能说什么累不累呢？

农弟　你想歇歇吗？

伤兵　歇歇也好，也好。

农弟　走，到屋里去。

伤兵　到屋里做什么？

农弟　外面的天气太冷，你看看这霜雪有多大啊！

伤兵　当兵的炮弹都不怕，还怕冷，（指石头）这有一个天然的好座位……（坐后感觉伤痛）啊……

农弟　站起来，站起来，坐痛了吗？

伤兵　不要紧，（打自己右手腕）狗骨头我看你还痛不痛……

农弟　（制止地）喂，这要不得，你怎么打起自己来。既然受伤了，就够受的了，怎么还禁得住打呢。

伤兵　你不知道，这狗骨头，你不打它不行。它是不知道好坏的。你看，我从前线上爬下来，又跑了好几十里路，它都不怎样，现在让它歇歇，它倒痛起来了。（忍不住痛地又打起来）真是他妈的狗骨头……

农弟　（握住兵手）别这样，现在，自己不照顾自己，还有谁照顾呢？

伤兵　你不知道，我若不是因为它，我还在火线上呢。最少，最少也有几十个日本鬼子躺在我前面了，让他们永久不能够翻身……

农弟　（诧异地）你这么厉害？

伤兵　厉害的不是我，是我的机关枪。（暂时忘于痛苦之外）只要它一嗒嗒……就把日本鬼子挡在二百码以外，再进一步，也不容易。老乡，你不知道，弟兄们都说我是有名的机关枪手哩！只要有我在他们身边，他们就壮起胆子来。哼，谁不说我是好机关枪手……可是现在……都因为它……

农弟　慢慢坐下，坐下谈。

伤兵　我想就是炸弹炸掉我一条腿也不要紧，只要我这只右手不受伤，只要留着我（指食指）这伤手指，还能扳我的机关枪，就够了。可是，子弹偏偏打中我的右手……

农弟　子弹是没有眼睛的。

伤兵　可是它为什么不打中我的左手，双手有什么两样的。

农弟　比打中你的头好得多呢！

伤兵　若真是打中我的头我也甘心。可是现在不死不活像什么样子，（伤感地）离开自己的长官，自己的弟兄，还有那挺跟我一年多的机关枪……

农弟　你别这样。等你养好伤，你还可以上前线去。

伤兵　不知道什么时候才能养好伤呢（自语）……可是这个时间，谁替我用那挺机关枪，有谁还能像我用得那么好……

农弟　（兴奋地）你别这样。让我去，我用几天的工夫，一定可以练成一个机关枪手。

伤兵　（不信任地）你几天工夫，能练得我那样好？

农弟　慢慢地来，总会有一天赶上你。（一群难民从丙路上）

其一　（自语）天真冷……风就像刀一样……

其二　（向农弟）离城不远了吧？

农弟　不远了，还有十五里。

其二　总是十五里十五里……腿差不多要走断了。

农弟　你这个家伙，你这么年青，你说这种没出息的话。（指伤兵）看看人家，打了仗，又受了伤，还跑了几十里路，都没说一句话，你也不害羞。

其二　是吗？（激动地）来，（向伤兵）我可以背你去，是往城里去的吗？

伤兵　不用，我自己可以走。

其二　我背你去。

其一　你的腿不是要走断了吗？

其二　滚蛋！（向伤兵）就是不让我背，有一个人扶扶你也好啊。

农弟　（向伤兵指其二）他倒是一个热心肠的人……

其二　一个人谁还没有点儿血气呢，（向伤兵）走，我们一同走，不管有什么事，都可以照顾你一下。

农弟　（向伤兵）我也不久留你了，你跟他们一同走吧！这条路，很难走的。听说还常有狼呢，若是一个人遇见它，就倒霉了。

伤兵　谢谢你。走，走也好，走起路来，还暖和点儿……（向其二）那就免不了麻烦你了。

其三　我们这一大群人，哪个还不能照顾你一下呢，走吧，伤口若是一受冻，可了不得！

（伤兵随难民从甲路下）

（稍停，农兄从房门上）

农兄　什么事情，吵吵闹闹的。

农弟　没什么事情。

农兄　很迟了，睡觉去吧，外面的天气，有这么冷，你小心凉着。

农弟　你先睡吧！

农兄　（注视农弟脸）老二，你想什么？有什么可想的？早点儿睡觉，早点儿起来。外面的天气这么冷……（听了一下）我想来想去，我想明天一早还是先搬到城里去再说，你看怎样？

农弟　又要走，是不？

农兄　无论如何不走是不行，我们一村子都走空了，谁不走，谁是呆子。

农弟　把自己的田地，房子，都留给别人，自己走了，这不是呆子呀？

农兄　谁愿意丢掉自己辛辛苦苦经营的一点儿家业，不是没法子想吗？

农弟　怎么没法子想？去打仗啊！把日本鬼子打得一点儿不剩的时候，怎么没法子想？你没有看见，人家正在前边打仗吗……打仗去，我看这是最好的法子。

农兄　你又提起这些可怕的话来……

农弟　大哥，我看人家一个一个地受伤回来，我忍受不了了，我要打仗去。

农兄　怎么你又发疯了？

农弟　大哥，是真的。

农兄　打仗？这不是玩的！人一到战场，就不值钱了，一死几百几千，平常得很。就不死，受了伤，也是一辈子事。你没有看见从门前走过的那些伤兵吗？我真想不出一个人为什么起了这么可怕的念头。老二，我看你一天比一天呆。说不定你要长成一个呆子呢。

农弟　（气愤地）大哥，你别说了。你说的话我越听越讨厌！

　　　　（一群壮年的难民从丙路上）

其一　（向农弟）老乡往城里去从哪边走？

农弟　（愤怒地）不知道！

其一　你这个人，怎么随便发脾气呢？真有点奇怪。

其二　你这个家伙，一定喝过酒，脸都红了，你看。

其一　哪里喝醉了，简直是发疯嘛。

其二　别看他，这几个家伙凶得很。来……还是请帮那位老兄吧。（向农兄）请问老兄□在那边？

农兄　（指甲路）那边……那边！

农弟　（强辩地）不是，（指乙路）是那边。

农兄　（反驳地）不是，（指甲路）是那边，是那边。

其一　（莫明地）到底是哪边呀？

农弟　（指乙路）是那边，去吧，没有错。

农兄　（责备地）老二，你发疯吗？（向难民）不要听他的话。（指甲路）你们往那边去吧！沿着一条河，过了桥，就是一直的路了。

其一　（不信任地指乙路）这一条是往哪儿去的？

农兄　这一条往前线去的，再走过几十里路，你就可以听见炮声了，有时候，在这儿也能听见崩崩的声音。

其一　那你怎么还不早点儿走，等什么呢？等在这儿多危险啊！

农兄　（望望农弟）我们也就要走的，最迟不过明天。

其一　那我们在城里会。

农兄　好，我们城里会。（难民从甲路下）

农兄　（忠告地）弟弟，以后不许你随便撒谎。（指乙路）你怎么可以故意骗人走那条路呢？你知道人家都是逃命的。若是没有我在，人家听了你的话走上那条路，一下子有个……那可怎么办？

农弟　老人小孩往那边去还可以，嗳，像他们那样年青的，只知道逃命，只知道找（指甲路）这条路，（指乙路）那条路还有谁走？（两个伤兵从乙路上，从甲路下）看看他们，难道他们不知道逃命吗？可是他们为了保守自己的家产，祖坟……走上这条路。现在他们受伤了。一个一个地退下来。若是没人去替他们，就让日本鬼子随便走到什么地方去吗？那时候，我看你还逃到哪里去？……

农兄　你别再说啦！你说的话，我也越听越讨厌！

农弟　还有……

农兄　够啦，够啦，老二。我看你的脸色很不好，若是病倒了，可没办法。还有早点儿睡吧。来……

农弟　忙什么。

农兄　有什么话，我们明天再说。

农弟　你先去吧，我再等一下。

　　　（农兄从房门入）

　　　（农弟坐在石上沉思）

（两个壮年难民从丙路上）

其一　（向农弟）喂？离城还远不远？

农弟　（不答）

其二　（向其一）他睡着了吧？

其一　（推农弟）我们是往城里去的，从哪边走？

农弟　（并未稍动，仅用手一指乙路）那边。

其一　（向其二，疑心地）那边？这个地方不对吧？（农弟）请你再说一遍，是那边？

农弟　（仍指乙路）就是那边。

其一　多谢了。

（难民从乙路下）

（农弟仍在沉思）

（稍停，有一盲者从丙路上）

盲者　（喊叫）有人吗？……有人吗？……

农弟　（并不注视，不耐烦地）喊什么？

盲者　城在哪边？我要往城里去。……请你告诉我，往哪边走？

农弟　（指乙路）那边，左边。

盲者　（向左摸索）在哪边？小先生，你领我几步好吗？……

农弟　（无愤怒）你想的倒好，只管逃命往城里跑。还要找人领几步。……哼，你也不怕有人笑你。

盲者　有谁笑我这个没有眼睛的人呢……

农弟　（立刻起来）啊……你是瞎子。

盲者　我可不是瞎呢……造孽的。

农弟　回来，回来……

盲者　我还有多赶几步路吧。

农弟　回来，你走错啦。

盲者　没有错，你刚才不是说往左边走吗？没有错……是左边。

农弟　回来，我刚才说错了，回来。（农弟追上盲者，引他回来）从这边走才对。小心一点儿脚下的石头。走，这边走！

盲者　（感叹地）咦，我若有一对眼睛，像你们一样，我何必遭这样罪……只要有一个眼睛……一个眼睛，我也不逃。

农弟　（赞扬地）你真够男子大丈夫！

盲者　一个人让日本鬼子追得直逃，简直是笑话！有眼睛的人逃起来还方便。像我，最怕走路。也不要说日本鬼子。不管谁，谁逼我走路，谁就是我的敌人。……啊，对我来说走路比吃毒药还苦……唉，我差不多走两天了，还没有走到二十里路……先生，你这位好先生，有地方给我歇歇腿吗？

农弟　夜很迟啦，我看你还是趁早多赶点儿路吧。

盲者　这与我有什么关系！

农弟　我是说夜很迟啦，这对于行人是不大方便的。

盲者　先生，你想错了，我告诉你，先生，一个人要是差一对眼睛，可就是差得多啦。啊，完全两样。先生，我看什么都是一样的。我看见的，永远是黑夜，从来不知道什么是太阳，什么是月亮。

农弟　那你就坐在这儿歇歇吧。喂……慢慢地，这是一块石头……坐好，坐好！

盲者　好，（坐下）好，好……先生，我有□了。

农弟　何必讲究这些呢！

盲者　不是的，先生。你不要看我现在这个穷样子，也很舒适。先生，我曾用十几年的工夫，像小鸟似的筑好一个巢子。我有吃的，有穿的，也有人照顾。可是自从日本鬼子一来，我就不得不离开那个巢子了……唉……

农弟　你别难过，就是小鸟，也会有一个躲避风雨的巢子。也不要说是一个人……

盲者　先生，你不要以为一个瞎子就什么也看不见。我告诉你，现在我看见你脸红啦，你的手脚很不安。

农弟　什么，你不是个瞎子，你这撒谎的家伙！

盲者　瞎子的眼睛是黑的，可是瞎子的心是明白的。刚才撒谎的，不是我，倒是你。你明知道我从此就掉在痛苦里了。可是你不说。反而许给我很多不可能的梦，比方你说我还能找到一个巢子……哪去找？

农弟　不是，我是说你的家，还可以保存，你的房子永久是你的。

盲者　先生你别见怪，我只要说你撒谎啦。

农弟　什么？我敢打赌。

盲者　我的家，永久是我的？哼，很快就是日本人的啦，我这一走，再难有还家之日了。

农弟　（安慰地）我敢担保，日本鬼子过不了你家一步，到你们前为止，以后他们就要从你门前退走，退到海里去。

盲者　先生，你别再说这些空话吧，我听的时候，我很难过。

农弟　我说的是真的。

盲者　哼，真的？我什么都知道，我知道的比你还多……有眼睛的人，也丢下自己的家，往后逃，像我似的。这样下去，还有什么是我的！

农弟　你不知道我们有无数的军队堵着他们吗？

盲者　我知道，那边有成千成万的大军，可是他们阵亡的阵亡，受伤的受伤。

农弟　可是我们也还有人替上去呀！

盲者　替上去，我不知道。我知道的只有往后逃，逃……我可以说没有，没有一个。

农弟　（激动地）没有？起码有我一个。

盲者　先生，你要上前线吗？

农弟　对啦！

盲者　什么时候去？

农弟　就是现在，现在！

（前面壮年难民从乙路上）

其一　喂！（农弟）你怎么要我们走这条路，我们白走很多路。

农弟　什么？

其二　你把路告诉错了。

农弟　没有，没有。

其二　没有，那你不往那边去？

农弟　我这就去！

其一　（义气地）只要你去，我们就去！

（农弟从房门入）

其一　（想了一下）对，我们往那边去！往那边去！

（随后远处传来"往那边去"的众人声音）

（农弟提猎枪从房门出）

农弟　走！走！

（农兄从房门出）

农兄　（向农弟）你往哪去？

（农弟与两壮年难民从乙路同下）

农兄　（自语地）老二，你走错路啦……

盲者　他走的哪一条路？

农兄　左边的一条。

盲者　他没有走错。

（随后远□□□□□□有走错的众人声音）

（幕）

吴同志（独幕剧）

人物　茶房
　　　妓女
　　　旅客

开幕　远处响着救亡歌声。茶房正在打扫房间。妓女寂寞而苦愁地站在窗外对面的走廊上。约近半分钟后。

妓女　（在不经意的一下探望中，望见茶房的影子时）喂，今天是什么日子呀？

茶房　谁知道！

妓女　今天一天没有停过歌声呀！

茶房　反正是什么庆祝会。若不，就是打胜仗啦。

妓女　（稍停）你还不睡觉吗？

茶房　睡觉？现在刚打过十二点。

妓女　（玩笑，仿佛是习惯了的）想不到，你和我们也是一样呀！

茶房　什么？

妓女　你和我们也一样过起夜生活来了。

茶房　（气愤地）见鬼，你们是什么人？我们是什么人！简直见鬼！

妓女　（被引起一种幻想似的）喂，你这么忙，是有新的客人来吗？

茶房　（厌烦地）不知道！

妓女　（故意地）这几天，你们旅馆的生意好不？

茶房　旅馆的生意好不好，这是老板的事，与我们做茶房的有什么关系。

妓女　（更正地）我是说，旅馆生意好，你们可以多分点儿小账呀（轻松地）那样的话，你们也可以做身漂亮的衣服，挤在大人先生们中间，免得那些狗眼给你们的虐待，另外给你们一点儿便宜……

茶房　（反感地）便宜？便宜还能轮到我们的身上！我看，便宜都给你们啦，世上再没有比你们便宜的。只要你们说一句谎，流一滴不值钱的眼泪，这就够啦，要什么有什么……比方袍料呀，戒指呀，也许还有那些傻子的好心肠！

妓女　（本性地）你只看见我的笑脸，你没有听见过我的哭声……（痛苦地）你只看见别人给我袍料，戒指，还有什么？那些傻子的好心肠？这是给我的吗？（冷酷地笑）哼。在别人把钱放下的时候，我什么都没有啦，连我自己都是别人的……（忧愁起来）

（稍停）

茶房　我看你那个样子，我怪难受的。（突然）别那样吧！我告诉你，这房间，就要有客人来啦！

妓女　（受了一下刺激以后）是吗？

茶房　谁还骗你啦？

妓女　（一边擦粉，一边焦急地）还没有来吗？

茶房　一听到有客人来，就好像要把人家吃掉似的……

妓女　他是怎样一个人？

茶房　不是年老的，也不是小孩，他正是一个年青的。说他漂亮？也不漂亮，可是也不难看，总之，他是中等的人才……

妓女　谁要听你这些呢！

茶房　（恍然地）噢，我敢担保，他是中你意的，因为无论怎样，我看他也是一个有钱的，有钱的！

妓女　是个做什么的？是商人？是军官？这是读书的？

茶房　我还没有你那样一对厉害的眼睛，一看就看出什么人来。反正我担保，无论如何他也是一个有钱的家伙。

妓女　（催促地）你快收拾完，好要他来呀！

茶房　你先别高兴，人家也许是正经人……

妓女　那请你帮帮忙呀……

茶房　（将去时）那你别忘记……

妓女　我忘不了给你的好处！

（茶房下后，远处的歌声又起来）

（稍停）

（茶房招待客上）

茶房　（向旅客）房间已经整好啦，请您看满意不满意？

（当旅客检视房间的时候，茶房顺便把三个笨重的箱子从门外搬进来）

旅客　（看见壁上女人裸体画时，气愤地）在这抗战的期间，到处都是荒淫，无耻，到处都引诱你堕落，堕落……

茶房　（莫明地）请问这是什么意思？

旅客　（指墙）把它给我丢开！

（茶房为自己，也为妓女失望地把画摘下来，放在桌上。因画面向上的缘故，被旅客反感地翻过来。于是茶房索性把它送到门外去）

茶房　请问还有什么吩咐？

旅客　（指一箱子）把它打开。

茶房　是……（打开以后）打开啦……

旅客　把这些书，一本一本地摆在书架里。（认真地）注意，要摆得整齐，好看！

茶房　是……

（茶房摆书。旅客打开另一只箱子，换睡衣拖鞋等）

旅客　近几天来，有什么消息吗？不管是国际的，还是国内的。

茶房　（茫然地）什么？

旅客　我这几天都在旅途上，没有看到报纸，我问你有什么新闻没有？

茶房　我从来没看过报纸。

旅客　（停止动作）岂有此理，怎么可以不看报纸呢！

茶房　因为我……我只认得几个字。

旅客　你没读过书吗？

茶房　我读过一本《百家姓》。

旅客　（教训地）你这无知的东西，简直是盲人瞎马，在这廿世纪，你是要被淘汰的。

茶房　我把书摆好啦。

旅客　无知的东西，怎么可以不读书呢？

茶房　因为我家里没有钱，嗯，没有钱。

旅客　（想着）没有钱，也并不是重要的问题……我想你一定是一个野孩子……

茶房　（焦急地）还有什么吩咐吗？

旅客　把这个箱子也打开（茶房打开第三个箱子以后）把这些东西，挂在引人注目的地方。

（茶房取出一些战利品的时候，不当心地落地一件）

旅客　（严重地）当心些，这是我在前方几个月时间才搜得的战利品。你要知道，这是现代最光荣的东西，所以要把这些东西，挂在引人注目的地方。

（茶房放好战利品）

茶房　还有什么吩咐。

旅客　去吧。

茶房　（从衣袋里，掏出毛笔，纸来。）贵姓？

旅客　姓吴。

茶房　吴，周吴郑王的"吴"吗？

旅客　是的。

茶房　（写完了以后）请问大名？

旅客　太麻烦啦，你就写"同志"好啦。

茶房　"通子"这两个字，我写不出来，还要请问吴先生。

旅客　你不要叫我"吴先生"，在这抗战期间，彼此都是同志，你就称我"吴同志"好啦！

茶房　（觉悟似的）噢，原来是"同志"这两个字（写后）请问吴先生，（更正地）不，吴同志，年几？

旅客　（不耐烦地）二十八岁！

茶房　籍贯呢？

旅客　简直麻烦死啦！

茶房　这一条可以不写。还有职业呢？

旅客　救亡工作。

茶房　（想了很久）吴同志，对不起，我从来没有听过"救亡工作"这个职业。

旅客　救亡工作，现在是每个人应有的职业。（宣传地）这就是说，军事第一，胜利第一，（高声地）这就是说，我们要创造一个自由的……自由的……自由的……（掏出小本看）自由的幸福的新中国……

茶房　（制止地）小点儿声，隔壁睡觉着啦！
　　　（茶房下，旅客踱步，踱至窗边时，突然记起什么事去跑去打开门）

旅客　茶房，茶房！
　　　（茶房惊慌地跑上）

茶房　（惊讶地）吴同志，发生什么事情啦吗？

旅客　（嘱咐地）你不要忘记天一亮，我就要上飞机呀！

茶房　（安心下来）噢，忘不了，我是一夜不睡的。（将去时）吴同志，请你放心！

旅客　喂，我要洗澡。

茶房　洗澡间，有人招呼。

旅客　（拿起手巾，肥皂，衬衣，衬裤等）脏的衣服，送到衣柜里去，新衣服挂在衣架上，把房间整理得清爽些。

茶房　喂。吴同志。你说天一亮，就要上飞机，以我看还是把所有的东西装起箱子来，免得早晨措手不及，也需要耽误你上飞机的时间。

旅客　一会见，也许还有拜访我的客人来呢。

茶房　是……

旅客　（推开门）洗澡房，往那边走？

茶房　左边。
　　　（旅客下）

妓女　（焦急地）喂，喂……

茶房　别叫啦，你快去睡觉吧！

妓女　客人呢？

茶房　你还问什么，他连一张女人的画，都讨厌。

妓女　（有经验地）傻孩子，哼，他嘴里越讨厌女人，他心里就越喜欢，男人都是这样的。

茶房　可是这个家伙的怪脾气多得很……

妓女　你告诉我，他是怎么一个人，他讨厌的是什么，他喜欢的是什么。

茶房　他讨厌女人！

妓女　我问你除去女人以外。

茶房　（想着）那就是不读书的啦。

妓女　啊！还有他喜欢的呢？

茶房　他不愿意人家叫他"先生"，他喜欢人家称他"同志"，比方，我称他，就称他"吴同志"。

妓女　还有什么？

茶房　（想着）还有……还有（突然装作旅客姿态）军事第一，胜利第一，还有？……（恢复原有姿态）我忘记啦……

妓女　你再想一想看。

茶房　想不起来啦。无论如何，这也是一个难对付的家伙！

（旅客上，茶房用眼色暗示妓女）

旅客　（自语）真是脏死啦，脏得我几乎呕吐出来。

茶房　吴同志，我们旅馆的洗澡间，是顶有名的，许多太太小姐们，都是到我们这里洗澡的。

旅客　（反感地）去，送壶开水来。（从箱里取出鱼肝油等药瓶来）

茶房　（指桌上的茶壶）茶已经泡好啦。

旅客　叫你送开水来，我要吃鱼肝油，帕拉托……

茶房　（莫明地）什么？"干油拉多"？

旅客　是补品，补品。去，去，取开水来！

（茶房下）

旅客　（向门）无知的东西……

（旅客踱步，踱至窗边停下，想起什么事似的）

（稍停）

（妓女抱的猫的叫声，引旅客转过头去，一见妓女时，立刻又转过头来，继续想着）

（妓女用廊外的树的长枝，骚一下旅客的脸颊，旅客立刻闭起窗子，然后离开）

旅客　（暴怒地自语）在这抗战期间，到处都是荒淫，无耻，到处都是引诱你堕落，堕落……

（旅客又踱至窗前，想着什么事似的）

　　　　（妓女用树枝，稍稍地撑开窗，然后有猫叫声）

旅客　（直视妓女）魔鬼，魔鬼！
　　　　（茶房送开水上）

茶房　开水……

旅客　（目不转移地）放在桌上。

茶房　（试问地）吴同志，（指妓女）你对她有点儿意思吗？（旅客反感地避开）吴同志，这种事情，我都不在乎……

旅客　（更反感地）走开，走开！

茶房　（指妓女）这个人在这个班子里，是顶漂亮的一个。平常她也是很摆架子的。可是对吴同志，有点儿不同。你没有看见？自从你来，她一直站在这里。起码你应当问她打一下招呼。

旅客　（严厉地）为什么？为什么？

茶房　（窘态）因为……因为……因为救亡工作。……

旅客　（被启示似的，自语地）是的……救亡工作……（演讲地）救亡工作……主要的是宣传方面，宣传的对象，是一切民众……是的。（向妓女）我站在工作的立场，我可以尽一点儿应尽的责任。
　　　　（旅客神圣地走向窗边去）

茶房　（向妓女）"责任"听着！
　　　　（隔一窗边，妓女与旅客默然相视）
　　　　（稍停）

妓女　（忍不住地）请问贵姓？

旅客　（庄严地）姓吴。

妓女　（亲热地）噢，原来是吴同志。

旅客　（向茶房，奇异地）她也受过抗战的洗礼？

茶房　（索性地）吴同志，你不要瞧不起人呀！我刚才不是给你介绍过吗？她也是了不起的一个哪！

旅客　这倒要和她谈谈。

茶房　那就叫她过来吧，只要两块钱就够啦。

旅客　（不安地）这我倒要考虑一下。等我研究研究再决定。（向妓女）你对于抗战有相当的认识吗？

妓女　（控制着自己的窘态，经过一度不安而后，冒险地）军事第一，胜利第一！

旅客　（完全满意，自语地）好极啦，好极啦。
　　　（因羡慕而止不住热情）的确不失为一个有希望的女同志……将来在抗战的阵营里，又可以多了一位干部。……

茶房　（指隔壁，向旅客）小点儿声！

旅客　（向妓女）这位女同志，请你过来谈谈。

茶房　她们，也有她们的规矩，若是叫她过来，也得先写一个条子呀！

旅客　（斥责地）随便写几个，你去写好啦！

茶房　是……

　　　（茶房下）

　　　（妓女离去走廊）

　　　（旅客寂寞地候着）

　　　（稍停）

　　　（旅客为了接待他的客人，练习接待的仪式。正这时，茶房引妓女上，使旅客大露窘态，而且狼狈）

妓女　（问茶房，坦白地）现在用不着你啦，去吧！
　　　（茶房下）

妓女　吴同志，请坐呀。坐下总比站着舒服点儿。

旅客　你……你请坐。

妓女　吴同志，是今天到的吗？

旅客　就是刚才不久。

妓女　从什么地方来吗？

旅客　（得意地）前方，（加重地）就是火线上。

妓女　火线上，真是危险的，也不要说你到过那个地方，我能够看见到过那个地方的人，我都觉得光荣。

旅客　（得意忘形，但谦虚地）不过，我觉得，一个人起码应当有这点儿勇气，你知道，我最喜欢勇敢的人。……

妓女　（顺从地）是呀！我也是说呀，一个人应当大点儿胆子……我对于强盗，就很恭敬的，因为他们是拿命换钱的……

旅客　（叹息地）你能对强盗表示好感，那你这个人未免太无感情啦。

妓女　（转移话题）吴同志，你还是不知道，我真不是一个狠心肠的人。你不知道，我为了一点儿小事情，都常常哭。

旅客　（同意地）这是人的天性！

妓女　（乘机地）我也是说呀，一个人要有点儿"甜性"，（渐渐向旅客凑去）可是我倒有点儿不同，我对待讨厌的人，我是冷冷淡淡的，对待我喜欢的……（用双手拍一下旅客的双肩）我就是这样。

旅客　（愤愤地掏出手绢擦口）……

妓女　（拖住旅客的手）你还怕羞吗？

旅客　放开我！

妓女　害羞呢，没有谁在这儿？（因旅客气得四处乱望）不要怕，没有什么，（指窗外）那窗外是一棵老树，老树也管不着我们的事呀。

旅客　放开我。（拖出手来，走开）

妓女　（不知怎么应付了）若是我说话，说错啦，若是你爱发脾气，你就发吧，我是顶爱看人家发脾气的啦。

旅客　我和你发什么脾气！

妓女　我知道你也不会发我的脾气。（又凑到旅客身边，给他整理着衣服）

旅客　走开！

妓女　（撒娇地）啊……

　　　（远处的歌声）

旅客　（突然兴奋地，仿佛接待神圣到来似的）你听，那歌声，（愤然走开，吓住妓女以后，朗诵地）那歌声，是鼓舞民族战士斗争的，唤醒醉生梦死的市民的号令。每个中国人一听见这歌声的时候，应当立刻抛弃一切的杂感，尤其是你这荒淫的举动，唯有一心一力地为祖国而奋斗！（有感慨似的）我以为你是一个很有希望的同志……（气愤地）结果……你完全不理解我，完全不理解我！

妓女　（不了解旅客的话，但为了应付，只有这样）你也完全不理解我！

旅客　我为什么不理解你？

妓女　我为什么不理解你？

旅客　因为你不理解我的生活。

妓女　因为你也不理解我的生活。

旅客　（思虑地）是的……理解你的生活，也不是容易的事。这一点，我也许错啦……

妓女　（乘机地）你错啦，你错到底啦！

旅客　（惶恐地）是的，我错啦。

妓女　（强硬地）你以为我就没有一点儿脾气吗？

旅客　（负疚地）请你原谅我，原谅我……

妓女　原谅你，你配原谅吗？

（茶房上）

茶房　（向妓女）老板说那边有客人来了，喊你去招呼一下。

旅客　等等去，我希望在你去之前，能够得到你的原谅。

妓女　（怒目凝视旅客）

旅客　我看你气得那个样子，（乞求地）请你原谅我吧！

妓女　（突然一惊）傻东西，你好像十五六岁的孩子。

（妓女下）

旅客　（愕了一下以后，自语地）现在我的心安静下来，可是我的头有点儿晕啦……

茶房　吴同志，要请一个医生不？

旅客　（继续自语）……妓女的心理，也是不容易理解的……（跟跄地走向书架去）我要下一番功夫，研究研究，（开始找书，一册一册地拿起，放下，找不到一本他所需要的）

茶房　吴同志，你找什么？

旅客　找一本有关妇女问题的……（找出一本精装书来，高兴地）有啦……有啦……（翻阅一下，立刻抛开，自语地）一本女人的化妆术！

茶房　（捡起书来）你不要啦吗？那就给我吧。（翻阅着）字多得很，比《百家姓》还多呢。吴同志，若是我念完这本书，我可以够得上一个读书的吗？

旅客　（自语）妓女的心理，也是不容易理解的（踌躇地踱着）想不到像她这样一个女人，也会给我出一个难题……（突然向茶房）她还会来吗？

茶房　她自己还要来的。

旅客　（渴望地）我希望她来，希望她立刻来！

茶房　吴同志，别太急，她就来。

旅客　（神秘地自语）奇怪，她……她在我的心里放下一点儿什么东西呢？……是神秘的，不可捉摸的小东西呀……（向茶房）去，你去请她来，说我有要紧的事情！

茶房　等一下，她还在招呼别的客人呢？

旅客　难道她已经忘记我啦？

茶房　她们这一行，是这样，不管什么客人，都要应酬一下。

旅客　为什么？

茶房　因为人家有钱。

旅客　（反感地）假如她不要这钱！

茶房　哼，那她的老板可以骂她，可以打她，可以把她打死！打死以后，也没有一个人给她喊冤枉。

旅客　你去告诉她，从今天起，我自愿做她义务的保护人。

　　　（妓女上）

茶房　（向旅客）她来啦！（向妓女）吴同志很挂念你呢！他说他要做你的什么……人。

旅客　你去吧。

茶房　（顽皮地）我想我也该去啦。

　　　（茶房下）

旅客　你的生活很苦吗？

妓女　（故意地）也没有什么，哪个人生下来还不是受苦的呢！

旅客　（找出纸笔来）请你把你的苦处说一说！

妓女　说它做什么？

旅客　让我记下来。

妓女　记下它做什么？

旅客　我要研究研究这个问题。

妓女　研究它做什么？

旅客　（彻底地）我想要帮助你们！

妓女　（突然笑起来）……又是这么一句话……（再笑）

旅客　喂，笑什么……有什么好笑的！

茶女　（在愁苦中轻□□□□）你别再说这种话吧，我早就听够了。

旅客　□□。

女　我早就听够啦……每个客人和我认识的时候，起码和我说这么一句话……我早就听够啦！

旅客　你以为我骗你吗！（凑到妓女身上）你说，你说！

妓女　（为了解除这无理的麻烦）没有，是我骗你啦。傻孩子，你怎么有这么多的傻性呢？别那样，我没有什么苦的。

旅客　是的，（放下纸笔）我想你们也没有什么苦的，（怨憎地）这个茶房完全胡说！

妓女　他和你说什么？

旅客　他说……

茶房　（向妓女）老板说，夜太迟啦，要你马上去睡觉。

旅客　你胡说，你才说她受苦，现在又说要她回去睡觉！

茶房　这都是真的吗？

旅客　（斥责地）去！

（茶房下）

妓女　茶房说的都是真的。

旅客　怎么又都是真的？

妓女　你不要再问，这与你无关。你是来找欢喜的，我不能给你什么烦恼！

旅客　不！这倒要详细谈谈。

妓女　我要听老板的话，回去睡觉啦。

旅客　我还有许多话要谈呢！

妓女　急什么……

旅客　（焦躁地）怎么不急，天都快亮啦。

妓女　天快亮啦，急什么。我们都是年青的，将来的日子长得很呢！现在我要走啦。

旅客　不。你知道，我刚才等你，等得很急的。

妓女　我知道，我怕你等得急，我不是很快就来啦吗？

旅客　（哀求地）那你别走啦！

妓女　是让我在这儿过夜吗？

旅客　那更好啦。

妓女　你为什么不早说呢？现在说过啦，那边已经有客人等着我啦。

旅客　（掏出钱夹）我的钱多呀！

妓女　你钱多，现在也没有用处啦，我不能答应你什么……（当旅客要把钱夹收进时，妓女抽出两页钞票。这烂钱我要交给老板去。安静点儿，指较远的座位）坐到那边去，像我们刚见面的时候一样。

旅客　（不得已掏出一本纪念册）那你在这本纪念册上，随便给我留一点儿纪念吧。

妓女　何必这样认真呢！

旅客　不！这是我最后一点儿要求，（拖住妓女）你一定要答应我，答应我！

妓女　我不会写字。

旅客　随便什么都好！

　　　（远处的歌声）

妓女　吴同志，你听那歌声！（旅客的手松开了）傻孩子，睡觉吧！别做梦啦！

　　　（妓女下）

　　　（旅客不安地踱着）

　　　（稍停）

　　　（茶房上）

茶房　吴同志，天快亮啦，赶快收拾吧，若不，也许耽误你早晨上飞机啦。

旅客　去吧，天亮我也不走啦。

　　　（茶房下）

　　　（旅客上床去，准备睡觉。突闻猫叫声，又立刻起来，跑到窗边，见对面走廊上只有孤独一猫时，遂大失所望，痴然地站住，不知如何）

附记　本剧的舞台面，是一个旅馆的房间，其装置可分两种，一种是大都市的，一切都比较富丽。一种是小城市的，一切都完全简陋。茶房，妓女的服装，要由这环境决定。

东北人民大翻身（话报）

东北文艺工作团集体创作

第一场

时　　红军解放东北之前。
地　　沈阳某工人住区——街口。
人　　工人，工人妻、伪警察、特务。
　　　阴森的夜。
　　　风声、狼吼狗哭。
　　　悲惨的音乐伴奏。
幕启　伪警察和特务上场，交头耳语——特务指示伪警去抓劳工——二人下。
　　　门内女人哭声，少顷。
　　　工人妻抱死孩子自门内哭出，呓语般地哭诉着：
　　　"饿——死——啦——"
　　　咳嗽、哭、倒、少顷。
　　　工人藏着一小包高粱米，慌张、急促、焦急地跑上。
工人　快起来，我弄了点米来了！
工妻　米？……孩子……已经饿……死……啦！
工人　饿死啦！
　　　悲愤到极点，再说不出一句话，抱过死孩子，把米袋交给其妻，其妻

　　　　　任米包自手上滑下嗫语着：
工妻　　米？……孩子……饿死啦！（台后打鸟声、哀告哭泣声大作——在抓劳工。）
工人　　又抓劳工啦！
　　　　　夫妻二人惊慌害怕，没有来得及躲藏。
　　　　　特务伪警上，喝住工人，发现地上的米口袋。
特务　　（拿起米袋一看）啊？高粱米？
伪警　　私自买米！经济犯！
特务　　前三天就派了你去当劳工，你还不去，累得我们到处找你，你倒去弄私米了——走！做工去！
　　　　　工人哀求，特务伪警打骂他，拖他走。
工人　　老爷让我先把孩子埋了去吧！
特务　　妈的，什么孩子！
　　　　　从他怀里夺过死孩子，摔在地下，连打带骂拉工人走。
　　　　　工人妻哀求。
工妻　　老爷，饶了他吧！我们一家就靠他活命了！
特务　　做工去！这是保卫满洲！（踢开她，带工人下）工人妻抱起死孩子，望着男人被拖走，歇斯底里地哭、骂。

—暗场—

第二场

时　　红军解放东北的日子。
地　　东北某地
人　　被抓做劳工的老百姓数人（工人在内）
　　　　伪警察、特务三人。
　　　　敌军官一人、士兵一人。
　　　　红军军官一人、士兵二人。
　　　　东北人民军三人。
　　　　敌军官兵、伪警察、特务赶一群劳工上场。

抽鞭子打骂，劳工挣扎抵抗，里面有一个人要逃跑，敌军官立刻命伪警把他打死。另一人背了很重的东西走不动了，敌人拖打他，他不支倒地，敌伪痛打他。

众人惊恐。

突然飞机坦克声自远而近，轰然大作。

老百姓莫名其妙地惊视。

伪敌惊慌失措。

台后歌声起，苏联歌：

"我们是红色的战士。

保卫贫穷的人民。

保护他们的田地房屋和自由。

我们有着许多的大炮。

我们有着许多的枪……"

后面欢迎声喊口号声：

"欢迎红军解放东北！"

"中苏人民团结起来！"

特务在乱中急忙脱去特务服，露出里面的中山装，戴上黑眼镜，拿上手杖，俨然一个"正人君子"

特1　（向特2）呆看着什么？还不快翻牌子去！

特2　急忙把"满洲帝国协和会市本部"的牌子翻过来。

红军上（特务汉奸溜进"协和会"去了）

红军令敌人缴枪。

敌伪跪下缴枪举手求饶。

红军给老百姓解开绳子，众人欢呼。

东北人民军上，和红军亲密地握手，众欢呼口号：

"中苏人民亲密地团结起来！"

红军押敌伪下。

一个敌兵走在后面，众人扑过去狂打。

人民军赶过来拦阻。

人民军　乡亲们，先不要打，听我说。现在日本鬼子已经缴枪投降了，对于敌人战争罪犯，我们是一定要惩办的，该杀的杀，该罚苦工的罚苦工。现在让我把他送到司令部去吧！（带他走）。

众　　（纷纷不平）他妈的，日本鬼子祸害了咱们十四年，今儿个咱们翻身了，解解恨……

人民军　咱们是人民自己的军队，就是替乡亲们办事情的，请放心吧！咱们一定替乡亲们报这个仇的！

人民军带敌兵下，老乡们纷纷议论。

老乡甲　没打死他不解恨啊！

老乡乙　人家刚不是说！咱们人民自己的军队替咱们报仇啊！

老乡丙　对！一定杀他们！……咱们去看看去。

（戴黑眼镜的特务趁机会钻出，宣传他们的一套）

特1　不要乱！听我说！你们别听刚才那个人的话，什么人民自己的军队？（众愤愤地私语）别乱，听着，你们都是无知无识的，干不了什么！（众动乱）听着！听着！现在日本已经投降了，我们就要来复兴东北——

（众骚动，愤愤私语，内有一人气愤地大声喊出）

甲　　不要说了！我们受了十四年的罪，你们干什么去了？这会儿我们解放了，你们跑来说话啦！

乙　　日本鬼子祸害了我们十四年，你们管都不管，人家八路军在关里抗战，你们还给扯后腿！王八蛋！什么东西！

特　　哎！哎！不要口出不逊啊！

丙　　咦！他不是协和会的吗？

乙　　对！对！刚才还踢我们、打我们呢！这会儿换了一套衣裳，就变成这样了！

甲　　（跑过去摘下"协和会"的牌子）你们看，他们这牌子，这面是"协和会"，翻过来就是这个。（翻着）什么东西！王八蛋！（摔牌子）

众　　（怒喊）你是什么东西？说！你是干什么的？

特　　（狼狈极）我……我……哎，我刚才的话，也是为你们好！没什么，没什么，听不听由你们，得……得……（抱头鼠窜而去）。

众　　翻牌子，换衣裳，这里头有鬼！

追他狗蛋的去！

（众追下）

—暗场—

第三场

时　　东北解放以后。

人　　男女老乡十余人。

　　　人民军三人。

　　　特务三人。

　　　（男女十余人，愉快地拿了新买的食物、衣服）

老乡甲　你们上哪儿去了？

老乡乙　去买东西来着。

女甲　　我们买了些布，买了些粮食。

女乙　　这下可好了，可又有吃，又有穿了。

女丙　　这一下可不再当经济犯、国事犯了。

老乡甲　再不怕捉劳工了。

老乡乙　咱们可要去参加队伍，保卫咱们的家乡。

大家　　对，对（去）。

老乡甲　你们看咱们队伍来了。

　　　（人民军上）

军甲　　老乡们，这些年可受罪了。

老乡甲　同志们！要是你们再不来，咱们可活不下去了。

女甲　　你们要是再不来咱们就要冻死了。

女丙　　同志们吃东西吧！

军甲　　不，不。

老乡乙　咱们队伍这样好咱们能参加不？

军甲　　能！

老乡甲　那我就报名去！

军甲　　对，我带你去报名去！

老乡乙　对，我回来收拾收拾也来参加。
　　　　（军甲、老乡甲下）
老乡甲　你回去把咱们那一些都叫来。
女甲　　（对老乡甲）你可要好好地干，我把行李叫老王捎来。
军甲　　不用了……哈哈！（下）
众　　　这下可好了！
　　　　（在老乡们谈话时，三个特务像老鼠似地待在黑影里，探头探脑地偷看，这时看他们走了，立刻钻了出来）
特1　　你们听见了没有？他们要是干起来，还得了啊？不能让他们干起来！有他们就没我们！什么人民自己的军队？成天往老百姓里头钻！（向特务2、3）你们去跟上！打黑枪，看见他们的人就杀！看见东西就抢！不管是军队的还是老百姓的！
特2、3　是！是！
特1　　我们不能让他们组织起来！也不能让他们太平，我们一定要扰乱他们的治安，明白不明白？咱们事变前是个黑了良心的汉奸，现在可要注意，要装个好人。
特2、3　明白！明白！
特1　　快去！
特23　　是！是！（工人拿枪自右方下）（特1自左方下）
　　　　后面枪声、吵闹声。两个特务抢东西自右上（过场自左方下）。
　　　　男女老乡数人叫着追上。
老乡　　哪儿去了？看不见了吗？
老乡　　哎，苏联军和人民军刚把咱们救出来，咱们刚能够吃饱穿暖了，又有坏蛋来捣乱，不让咱们过太平日子！（人民军上）
军乙　　什么事？
老乡乙　我们刚在收拾东西！就来了两个坏家伙把东西抢了，还杀了人。
女甲　　你们说到什么时候才能太平呢？
军甲　　老乡们，都是那些汉奸特务在捣乱。咱们现在要组织起来，能参军的参加，不参军的按家户组织起来，见了坏人就报告。咱们这样一来，坏人就干净了，就太平了。

众　　　　对！

老乡甲　　（对乙）你准备好了吗？

老乡乙　　好了，（指另外三人）他们也是要去的。

军乙　　　好极了，那咱们走吧！

众　　　　对！（众下）（女回家）

第四场

人　　　　男女老乡，人民军共数十人。

　　　　　特务三人。

　　　　　一个新参军的带着许多老乡自右方上。

老乡　　　在哪儿啦？哪儿啦？

新军　　　来啦！来啦！你们看！（指左方）

　　　　　人民军和老乡们捉了三个特务自左方上。

人民军　　乡亲们！现在咱们把这三个坏蛋捉住了，大家说怎么办吧？

众　　　　枪毙！枪毙！

人民军　　日本鬼子在这儿的时候，他们都是汉奸，做了很多坏事来害咱们！现在还扰乱治安，破坏咱们社会秩序，现在把他们抓住了，大家的意思是枪毙他们。

众　　　　枪毙！枪毙！立刻枪毙！

　　　　　拖了三个特务下去，立刻枪毙了。

　　　　　众欢呼称快，喊口号。

　　　　　"彻底肃清敌伪残余势力！"

　　　　　"东北人民组织起来！"

　　　　　"东北人民武装起来！"

　　　　　"建设东北人民自己的政权！"

　　　　　"建设东北人民自己的军队！"

　　　　　一个无党无派的东北老乡站起来讲。

无党派老乡　　谁真正替咱们老百姓办事情的……谁真正给咱们老百姓过好日子的，咱们就坚决拥护谁！

另一老乡　　你们说谁是真正替咱们老百姓办事情的?

众　　　　共产党!共产党!

口号　　　"拥护中国共产党的主张!"

"一切民主党派民主人士团结起来,建设民主的新东北!"

"拥护中国人的领袖毛泽东!"

工人农民等举国旗和毛泽东像出。

众人欢呼,高举火把,围着国旗和毛泽东像欢跳高唱,

1　东方红,太阳升!

中国出了个毛泽东,

他为人民谋生存,

他是人民大救星!

2　太阳升,东方亮,

中国全靠共产党,

他为人民出主张,他把中国来解救!

3　红旗飘,红旗美,

叫声同胞们来开会!

军民团结一条心,

建设咱们新东北!

—幕落—

—全剧完—

海 的 墓

　　本剧附有剧本说明，人物说明，布景说明和歌曲说明，并请特伟先生作人物、舞台面插图十数幅，因限于篇幅与制版困难，唯有等待出版单本时，一并付排。歌曲二支，留待下期，以简谱刊出。

作　者

全剧中人

宫本师团长	五十一岁	（夫妻）
田原敏子	四十七岁	
田原清子	四十二岁	（姐妹）
李崇天（中国人）	四十三岁	（夫妻）
李春田	二十四岁	（崇天之子）
李春野	十七岁	
宫本杏子	二十五岁	（宫本之女）
宫本芳子	十六岁	
宫本辰雄	十五岁	（宫本之子）
山田米霞（即朝鲜人金焕文）	二十八岁	
上霞副官		
兵队数十人		
卫兵班班长		
卫兵班士兵三人		
役者甲乙		

时　　一九三八年四月某日早晨

地　　日本大阪码头

人　　兵队数十人

　　　役者甲

　　　役者乙

　　　李春田

　　　卫兵班班长

　　　卫兵班士兵三人

　　　山田米霞

　　　李春野

　　　宫本芳子

　　　宫本杏子

　　　田原敏子

　　　田原清子

　　　宫本师团长

　　　宫本辰雄

　　　上霞副官

景　　开幕时

　　　海轮上，高级船员的休息室之一部。左侧一门（即第一门），门侧与近左角处之间，有长玻璃窗。高约四尺。离船板约近二尺。右角处，成弧线形。从窗内可见甲板右侧高悬的舢板的尾部，船栏间的救生圈，"吉野丸"三字等外，还有工业区的远景。左角边的左侧一无门扇的门（即第二门）。除这门外，在左侧有相同的两门（即第三门和第四门）。窗边有长桌和圆凳，接近第三、四两门有圆桌和沙发，此外是壁上的地图，门边的花架等。总之，这一切，都是适于船上的，日本式的，高度不得妨碍透过窗外的视线的。当警号响了以后，出征的歌声，即随之而起，仿佛是一条河的长流，流近来，大约经过歌声的三分之二，然后开幕。在这室外，有一列庄严的兵队，沿着第一门和全部玻璃窗的甲板走过着，唱着歌。在这室内，除去长桌以外，一切都无秩序地堆在左右两壁的近边。

役者甲穿着绣有红色"吉野丸"三字的一身白色制服，站在窗边，用擦地板的长刷撑着上身，静静地探望着窗外。歌声停时，兵队仍然继续地走过着，响着一种整齐而骄傲的步声。役者乙穿着与役者甲一样的服装，手提着一个水桶，从第二门上。他一见役者甲的时候，便痴然地站住了。稍停一刻，好像经不住手下重量的累赘，放下水桶。

役乙　喂！快点儿吧！

役甲　（无感觉似地）啊……（仍是探望窗外）

役乙　（急躁地）太阳已经出海啦！

役甲　（依然）啊。（仍探望窗外）

役乙　你擦完地板啦吗？

役甲　（转过头来，茫然的。）什么？（又转过头去）

役乙　我是说"吉野丸"也许快要开出大阪码头啦，宫本师团长阁下和他的眷属，一会儿就要来啦。你看，现在这客厅像什么样子，乱七八糟的。快点儿吧！

役甲　（无所谓地）忙什么！

役乙　看什么，有什么可看的！（猜想地）我们一年生活在船上三百多天，差不多天天吃的是海，喝的是海，看的也是海，现在你还没看厌吗？

役甲　（转过头来）我看的不是海，是大阪码头，（转过身来，加重地）是大阪码头！

役乙　奇怪呀，大阪码头又有什么可看的？我们跑海的，海船就是我们的腿，它一抛锚，我们就得站住。在大阪码头，我们每年总有一两个月抛锚的时间，你还没看够？

役甲　不过……（忧虑地）这次的航行，是到支那去的……这次离开大阪以后，不知道什么时候才能回来。

役乙　（觉悟地）噢！我明白，你是又不快活啦！人上了几岁年纪，常怕路远，多走一步，就好像离他的坟墓近一步，是不？（稍停）来，快点儿吧。（指圆桌）把这桌子抬过来，放在这里好吗？不，再过来一点儿。（突然地）你擦完地板啦吗？好，时间来不及，算了吧。（安置着东西）我劝你不要愁，到支那去何必愁呢。我常听人家说，支那是我们的出路，不是我们的坟墓。你没看见许多许多邦人到支那去吗？去的时候，他们的钱包都是空空的，可是一回来就饱啦，饱得像女人的大肚子一样。（大笑）

役甲　（不同意地）我们也不是什么做大官的！（慢慢地整理着东西）哼，我们怎能比他们呢。

役乙　做大官的发大财，我们也可以借光儿发点儿小财呀，那时候，我们在别人的面前，也差不多是了不起的人物啦。

役甲　（讽刺地）你真是个了不起的梦想家……

役乙　（注视第一门）喂，有人来啦，（忙乱地）快点儿吧！
　　　（这时候，室外的兵队已经走完。室内除去几个圆凳以外，一切都恢复了整齐的秩序——即"图一""图二"。
　　　李春田穿着一套浅色的西装，戴着深色的呢帽和白色的手套，手里握着卷起的"祝出征"的旗子，一切都很整齐漂亮。看来，不失为一个经过人工美化的躯壳。不过，他被急迫的事务所引起的一种不安神情，有损于他的外形。他引导着卫兵班班长和三个卫兵班士兵，从第一门匆匆地走上）

春田　（向役者甲乙，似乎斥责地）唉，怎么还没整理完呢！师团长阁下就要到啦，赶快，赶快。把这面旗子挂起来，挂在最适当的地方。（向卫兵班班长，命令地）立刻开始搜查房间。（从第四门指到第二门）从这儿一直到里面的一排。（卫兵班班长领着三个卫兵班士兵开始搜查第四门内舱房。役者甲乙已经登上长桌）

役乙　（指着窗四窗五之间）挂在这儿好吗？
　　　（搜查舱房的人，搜查过第三间内的舱房后，从第二门急急地走下）

春田　（不经思索地）好！
　　　（春田踱着，检视着客厅的一切。
　　　（役者甲乙挂起旗后，从长桌下来）

役乙　请阁下看看，这儿适当不适当？

春田　（并未注视一下）好！
　　　（搜查舱房的人，从第二门走上）

班长　（向春田）报告，搜查完了。

春田　没有人吗？

班长　没有。

春田　（愚蠢地）一个人也没有吗？

班长　没有。

春田　好。（指第二门）和这门外一带派两个卫兵，（从衣袋里掏出一沓出入证）除去我和师团长阁下以外，没有这种出入证的，一概禁止出入。去吧。

（卫兵班班长先派两个卫兵班士兵，一个从第二门下，一个站在第一门边外面，然后他领着其余的从第一门下）

（春田在一边检视着舱房，一边在舱房的门上安插住者的名片。役者甲乙整完后，仍在修整一下不必需要的小部分，比如桌布窗幔之类的东西。春田仍继续"检视""安插"，从第二门下）

役乙　（低声）你看我们布置得很好的。

役甲　啊。

役乙　（更低声）师团长阁下也许重赏我们。

役甲　（探头注视役者乙，仿佛想从他的脸找到一种特征，想说：你真是一个伟大的梦想家。然后回顾一下走近的步声）……

（春田从第二门上）

春田　完了吗？

役乙　请阁下指教。

春田　好。

（役者乙仍然站着，在等待中仿佛存在着一种企图；役者甲相反）

春田　去吧！

（役者乙立刻感到等待以后的空虚和失望，随役者甲悄悄地拾起水桶长刷，从第一门悄悄地下）

（春田在第三门上，另换一页名片）

（第一门外的声音）

卫兵　站住！

米霞　请问这是宫本师团长指定的舱房吗？

卫兵　是的。

米霞　那就对啦！

卫兵　出入证！

（山田米霞穿着黑色的马裤，带有异色条纹的白色西装衬衣，衣袖卷在上面。衣外是异色的毛质背心，背心外，套着日本惯用的白色围裙。头上歪戴着鸭嘴帽，手里提着一个篮，里面放着味之素和其他调味的用品，还有一个厨夫惯用的几把不同的刀。他带着一种气愤和傲慢的脸色，突然冲进第一门）

米霞　笑话，简直是笑话。

（卫兵从第一门上，站在门边，注视春田，以表示他沉默的请命）

米霞　（在行走中，回顾着卫兵）告诉你，我是宫本师团长最有名的大司夫。我在公馆的地位，并不比师团长在国内的地位低！

（春田好像刚刚发觉这种嘈杂的声音一般，被激起一种莫明的神情）

春田　（向米霞）什么事情？

米霞　春田少爷，你看他不许我进来，这不是笑话吗！

春田　（向卫兵）去吧！

（卫兵从第一门下）

春田　（取出一份出入证）给你戴上它！

米霞　春田少爷，（随便地）戴上倒是很方便，（故意地）请问这是什么意思呢？

春田　（严厉地）糊涂的东西，一天比一天糊涂！戴上它，就可以自由出入啦！

米霞　（愚蠢地抢过出入证）那可好极啦。（向门去）我还可以出去。

春田　（阻止地）回来！

米霞　（举起篮）我去准备早餐。

春田　不忙。

米霞　因为今天是船上第一次早餐。

春田　不忙，等等再去，先留你在这里照顾一切。

米霞　"照顾一切"？责任重大，我有点儿不敢当。还是春田少爷先留在这儿吧！

春田　我有许多事情，还要回公馆去呢。

米霞　有的人还不在公馆，她们也许来啦。

春田　你不要管这些。要你管的是一会儿如果有人送礼，你就把礼物接收过来，如果有新闻记者要访问师团长，你叫他们先等一下。

米霞　（放下篮）好，（自语地）我今天天不亮起来的，（舒展一下两臂）啊，累死啦。（向春田）能否找两个船上的帮帮忙儿？

春田　不，别人是不可靠的。

米霞　（恍然地）噢！春田少爷，我知道，（嘲谑地）在你的眼里，别人好像都是炸弹。这样说起来，难道我就不是危险的吗？

春田　虽然你在公馆工作不久，可是我相信你是日本模范的国民。

米霞　（行礼）春田少爷，（嘲弄地）我真羡慕你的一对眼睛。

（第一门外的声音）

卫兵　站住！

春田　（至门边探望）让他们进来！

（第一门外的声音）

春野　不，芳子，走，我们回去！

春田　不要回去！

（春田从第一门急下）

（第一门外的声音）

春田　不要回去！

（米霞检视一下篮内的东西，不耐烦地摔开去。然后他走至窗边，探望外面，一切都是寂静了的。在这寂静的气息中，又复活了，他一种往日的记忆。他那冥冥的眼色，是说他那真实的灵魂暂时地离开虚伪的躯体，成为一种特有的姿势：直立着，两手撑在腰间，仰望着，而视线不动）

（稍停）

（第一门外的声音）

春田　这是命令。命令是神圣的，谁也不能侵犯。

（李春野穿着一套草青色的海军学生制服，制帽上有一个金属的黄色小锚）

（宫本芳子穿的是日本中学的女学生装，他们两人同样带着一种气愤以后的少年的矜持，从第一门被春田的两手推送着上来）

春野　（愤愤地）越来越不自由！

　　　（米霞提着篮，悄悄地从第一门下）

芳子　（同样地）到处都是这样！

春田　（愚蠢地）我听师团长常说，生和死都是不自由的，还有什么自由？（哄地）来，（取出两份出入证，一给春野，一给芳子）你们戴上就好啦。

芳子　（把出入证抛开）我不要，"命令"……看命令能把我怎么样。

春野　（想和芳子取同一举动，但终于被兄弟之间的感情所约束，把出入证送到春田的面前，勉强地）哥哥，我也不要。

春田　（亲切地）不懂事的小孩子，知道不，这是什么地方，现在又是什么时候。（向芳子）这一切都是为了你爸爸安全的缘故。

芳子　（避开脸）不听！

春野　（为了解救哥哥陷于难堪地步，他拾起来被芳子抛落的出入证，送给她）芳子，别生气吧！

芳子　你们到底是兄弟，（不得已地违反心理地夺过出入证来）弟弟总是替哥哥说好话。

春野　（稚气地）芳子，你又生我的气啦。（想一下）芳子，我们不在这不自由的船上，走，我们去看大阪的海水浴场。（兴奋地）游泳的时候又要到啦，游泳是多么自由的呀！芳子，走，去看。

　　　（米霞提着礼物，从第一门上）

春田　弟弟，做什么去！

春野　哥哥，我们去看（两臂做自由式游泳的姿势）这个地方。（转向第一门去）

春田　（阻止地）弟弟！（加重地）春野，不许你去！

芳子　（反驳地）请你不要摆起当哥哥的样子。春野，他有他的自由。

春田　又是"自由"。

春野　（得意地）芳子，说得对呀！走吧，海水还等着我们呢！

春田　春野，你可以去，反正你是不走的。可是，不能领芳子去，她是要跟着家人到中国去的，一会儿也许就要开船啦。（向芳子，装作地）去也好，如果船开啦，就把你一个人丢在大阪。我现在回公馆去，请你的母亲上船。

（春田从第一门匆忙地下）

春野　（无力地）芳子，你真的要到中国去吗？

芳子　（解释地）不是我要去，你看爸爸去，妈妈和姐姐也都去，我不去剩下我一个人怎么办？

春野　怕什么，还有我呢。

芳子　有你有什么用。

春野　还有我妈妈呢。

芳子　妈妈，是你的妈妈，也不是我的妈妈。

春野　不是你的妈妈，（争辩地）也是你的姨娘呀。

芳子　姨娘？姨娘比妈妈总差一点儿。我还是跟妈妈到中国去。

米霞　（插话）中国又多一个"小日本鬼子"。

（米霞从第一门下）

芳子　你说什么？（向春野）你也去啊！

春野　（不快活地）你去吧，你到中国去（难过地）我留在日本。

芳子　（拖长声）不！（要求地）你也随我们去。

春野　（冲动地）为什么随你们去？为什么？以为没有你们，我一个人就不能够活吗？

芳子　（不安地）春野，你别生气。（利用地）我要你送我去。你从东京已经把我送到大阪，我再请你把我送到中国。（诱惑地）去过中国的日本人，都说中国好，有很多很大地方，黄浦江不是很有名的吗？你是海军学生，你是爱游泳的。这回我们到上海的时候，也可以在黄浦江里游泳啦。春野，你看那该多么好呀。你去，你去，你没有看见很多日本人都到中国去吗？

春野　（反感地）他们都是到黄浦江去游泳的啊？

芳子　（受窘地）……不管他们做什么去，日本人总是爱游泳的。（米霞拿着礼物，从第一门上）

春野　（任性地）我不是日本人。（加重地）我爸爸是中国人，我也是中国人。

芳子　（戏弄地）可是你妈妈是日本人，那你至少也是半个日本人。

米霞　有一点儿是日本人，也倒霉啦！

芳子　你不是日本人？

米霞　就因为我是日本人，才倒霉的。如果我只有一条腿是日本人的，我宁肯砍掉它（作跛行者）这样走。

（米霞作跛行者，从第一门下。）

芳子　（用眼色向米霞的背影报复以后，向春野）好，好，你是中国人。可是你没有到过中国呀，你知道中国是什么样子？你说……

（米霞从第一门悄悄地上）

春野　（索性地）不知道！有点儿不知道！

芳子　（正经地）那你这回去看看呀！

春野　（固执地）不去，说不去就不去。现在我要看看海水浴场去呀。

（春野从第一门匆匆地下）

芳子　春野，（追到门边）春野……

（在第一门外的声音）

杏子　（失常的笑声）……焕文，焕文！

（米霞将去，闻杏子呼声，即停住）

芳子　（被惊似的退回来）……姐姐，（又转回去）姐姐。

（宫本杏子穿着西式装束，散乱着烫曲的头发。把出入证系在脖颈上。夹着手皮包，握着长的柳枝，从第一门跑上）

杏子　（疯狂地）焕文，焕文，等等我。

（米霞躲在一边默默地望着杏子。）

芳子　姐姐……（无可奈何地）姐姐……

杏子　啊，芳子，你是芳子。我才好像听见你招呼焕文呀。是的，你是招呼焕文的，我听得很清楚。芳子，好妹妹，告诉我他在哪里。他的身体还是那样强壮的吗？他还是常常这样（模仿米霞"特有的姿势"）的吗？他还是说朝鲜人不娶日本的妻子吗？……

芳子　（辩解地）我没有招呼焕文，（摇头）我没有。

杏子　你招呼焕文，他在哪里？

芳子　姐姐，我招呼的是春野，不是焕文。（安慰地）姐姐，你才听错了。

杏子　（威迫地）告诉我，焕文在哪里。

芳子　（不得已地）姐姐，你又犯神经病啦。焕文不是早就走掉了吗？

杏子　焕文也是坐这只船走的吗？

芳子　另外一只……姐姐，你又犯神经病啦。

杏子　（渺茫地）八年前……八年前，另外一只……（突然发现一个对象，朦胧地）焕文，你走啦。我知道你是到支那去的……现在你已经娶了支那的妻子吗？……男人的爱情，（用手划着弧线）真是无数的弧线呀。女人的爱情，（用手划着直线）永远只是一条直线呀……哼，我这次到支那去，就是去找你的。

芳子　姐姐……（向身外探望着，当她望见米霞的时候）你像个死人似的站在那里，你倒想想办法呀。米霞！

米霞　（玩笑地）芳子小姐都没有办法，米霞能有什么办法呢。（杏子用柳枝在颈上不住地围成着圆圈）

芳子　你对我总是这个鬼样，你再不改，我就要发脾气啦……（哀求地）你想个办法呀。

米霞　（默然）

芳子　快点儿……怎么不说话？

米霞　我怕芳子小姐发脾气。我想你发脾气的时候，一定很难看。嘴小眼睛大，大得像牛的一样。……也许一定会比牛好看一点儿。

杏子　芳子，是你吗？（指颈上柳枝围成的圆圈）你看，这是什么？

芳子　米霞！

杏子　芳子，这是送葬的花圈……花圈呀……

米霞　（向芳子严肃地）杏子小姐的房舱，（指第二门）在里边，你送她去休息一下吧，我想她很疲倦啦。

杏子　芳子，假如我死了，你看见焕文的时候，你要他用他的胳膊也给我做这样一个花圈，做得小一点儿……小一点儿……

芳子　姐姐，走。

杏子　什么，啊。

（芳子挽着杏子，强制地从第二门下。她们去时，曾引去了米霞的视线，引起了他的沉思——他和杏子的往日。这时，又使他记起失去祖国的一切不幸。不自觉地出现了那特有的姿势。芳子从第二门轻松地上）

芳子　你在想什么？

米霞　杏子小姐怎样？

芳子　她躺下以后，安定点儿。你才在想什么？（模仿米霞）想得那个样子……

米霞　（故意地）你问我什么？

芳子　我问你才在想什么。

米霞　噢，我想的事情多着呢！

芳子　你告诉我，你想的什么事情。

米霞　（狼狈地）……多着呢……比方，我今天要烧几个菜呢，把一个小鸡分成几样菜呢，烧汤，还是烧别的……

（田原敏子穿着品质高贵、颜色朴素的和服，右手在胸着握着一束神圣般的樱花苞，左手提着一个手提袋。她为了寻找、关怀杏子而感到极大的焦虑。田原清子也穿着和服，但品质低贱，颜色清淡。她夹着公务员式的皮包，手里握着一把日本式的小伞。被敏子焦虑所影响的不安，浮在她的脸上。她们从第一门上）

敏子　（久已准备的一句话）你们谁看见杏子吗？

芳子　（诉苦地）吓死我哩，她又犯神经病了。

清子　那在哪儿呢？

芳子　在那房舱里。

敏子　（安心以后）米霞你太辛苦啦。

米霞　（垂头）谢谢夫人的关怀。

敏子　你去找一个高贵一点儿的瓶子，装满新鲜的水，把这束樱花养起来。

米霞　（随便地接过樱花束）

敏子　（被惊地）你这米霞，不会做事的东西。

米霞　（茫然地）夫人……

敏子　（斥责地）你看你弄掉一个花苞，要是被师团长阁下看见，你一定受处罚。

清子　米霞，从这次你该知道，师团长阁下是最爱樱花的，爱得如同他的灵魂一样。以后，你要当心些！

米霞　是的，我此后记住。

（米霞将下时）

敏子　记住是新鲜的水，不是海水。

（米霞从第二门下）

敏子　（赞扬地）米霞这个人，是最懂礼貌的。要是他在皇宫之内，一定可以讨到天皇陛下的欢喜。

清子　自从他到公馆以来，差不多一个多月啦，我看他没有受到师团长阁下一次斥责，这实在是不容易的，所以我说他一定受过高等的教育。

敏子　清子，你坐下，休息休息就走吧！

清子　不，我要等到开船的时候。

敏子　何必这样呢！你从东京送到大阪，又送到船上，这在我们姊妹感情上，是太够了！

清子　姐姐，你别再说这些吧！谁要我们是姊妹呢！

敏子　就是姊妹的感情，我也有点儿不安哟。因为这种送行太辛苦你了！

清子　你该知道，这次送行，在我是很难得的。除掉你们，我还能送谁呢？人生是说不定的，这次也许是永别呢。

敏子　妹妹，你又提起这些话来。我常和你说，悲观是人最危险的病根。（安慰地）一个人不该常常想到死，死是太可怕啦。死了以后，还有什么呢？财产，儿女……任什么都没有啦。在我看来，几百个英雄的骨灰，也不值一个活人的价钱。你以为我说得过分吗？

清子　不，我知道你，姐姐。你是乐观的，你把生命看得最宝贵，这是对的。可是我……我不能比你。（伤感地摇头）我还能比谁呢！像我这样的还是死了好！是的，死了好。

敏子　你以为一个生命是那么容易的吗？母亲生产的痛苦，父亲血汗的养育，长成一个人，是太难啦！清子，你别伤心，有一天幸福会来找你的。

清子　（悲哀地）我并不伤心，可是我也不再希望有什么幸福的日子。

敏子　你还是这样罢，哼，自从你和崇天离开以后，这十几年来，我就没听过你的笑声。

清子　（愤愤地）崇天，崇天这两个字，不许你再提起来！

（芳子跑着从第二门上）

芳子　妈，姐姐又哭啦！

清子　（同情地）唉，年轻轻的有什么伤心的呢！

芳子　姨娘，我知道，我告诉你，姐姐因为想一个人，（加重的）一个人！

敏子　说这种话，不害羞。去！看你姐姐去。

芳子　也不是我想，是姐姐想！

（芳子从第二门下）

清子　（自语）一个人？（向敏子）什么？

敏子　杏子就是为了……这件事情，我告诉过你多少次……

清子　老了，什么都不中用哟！昨天的事，今天就忘啦！

敏子　在八年前，杏子不是有一个同学吗？

清子　啊，（悔恨地）我这个不中用的人，我倒想起来啦。她那个同学是朝鲜人，可是那个朝鲜人，以后怎样？

敏子　以后，他做了帝国的叛徒，逃走了。到现在，逃走了八年，她等了他八年。这次不知道她从什么地方听来的消息，说那个朝鲜人在中国做秘密的活动，所以她非去中国不可！

清子　我想在这时候找人是不易的！

敏子　那也说不定，世上凑巧的事情多得很！

清子　那么……

敏子　那么……我还是劝你跟我到中国去……清子，你别伤心，也别生气，我又要说你忌讳的两个字。你到中国去，也许就可以找到崇天。我听说卢沟桥事变以后，中国的政治犯又得到自由的天地，那崇天，一定也出狱啦，我想找他会比从前容易。你去是比杏子有把握的。

清子　我不是不想找他。我一想，就立刻绝望啦！十几年太久啦，就是遇见他，恐怕他也不认识我，我也很难认识他！……我老了，也快死了，让命运把我摆弄到底吧。现在我只盼望崇天他出狱，盼望他好，他不怨我。他离开我以后，这十几年来，我没有一点对不起他的事情，把他两个心爱的儿子，已经养大起来。他该感激姐姐，（行礼）感激师团长阁下。不然，我们早就饿死在街头了！

敏子　你别太固执，还是到中国去一次吧。去这次以后，一切都可以安心些。

清子　到中国去，是一条很远很远的路，我的年岁，不，我的身体很不好，它不容我再走远路。若是发生意外，我死也不甘心。姐姐，你知道，我是爱祖国的。尤其是东京，每一条街道，我都非常熟识。随便哪块地方，多少都有一点我童年的记号。姐姐，就是广阔的天空，我感觉只有东京的上面，才真是崇高神圣的呀。大阪这地方的，也比不上它……总之，东京的一草一木，都是我小时候的同伴。只有它们才知道我，比谁都知道得亲切。自从崇天走了以后，我所以能够活到现在的，都是它们给我的力量啊！姐姐，我和你说的一句私话，我爱它们比爱崇天还厉害。

敏子　妹妹，这是人的常情。

清子　现在我敢说，人们可以没有她的丈夫，可是不能没有她的国家，她的故乡……

（米霞拿着插有樱花的花瓶，从第一门上）

米霞　夫人，（送上花瓶）请你看看。

敏子　（郑重地检视樱花，赏识花瓶，嗅嗅瓶中的水）是新鲜的水吗？

米霞　是的。

敏子　（嗅着）像海水。海水就是花的毒药一样。樱花的寿命本来就是短的……

米霞　请夫人放心，我不会说谎。

敏子　那我找一个师团长阁下欢喜的地方放下吧！

米霞　（接过花瓶）是的，夫人。

（米霞不住的徘徊，不敢确定究竟某处是宫本所欢喜的地方，但又不便去打断敏子的谈话，加以询问。）

敏子　妹妹，我还是劝你到中国去，我要求你听我这一句话。凭你这颗感动天地的心，一定可以得到神的帮助。

清子　找一个十几年没有消息的人，神也没有办法，而且在外国。中国的地方太大，从何处找起哟？

敏子　不要紧，请米霞帮助些。他说他从前在中国住过很久，他会说很好的中国话。

米霞　（乘机地）是的，夫人，我说中国话比我烧中国菜还好。可是……噢，请问夫人，（举起花瓶）我不知道把它放在哪里，才是师团长欢喜的地方。

敏子　（考虑一下，指圆桌）暂时先放这里吧！

（米霞从第一门下）

敏子　到中国去，该是你的一个理想，即使一个梦。

清子　年青人是爱做梦的，这个该留给杏子她们那样的。

敏子　那你一辈子……也不想再见他啦吗？

清子　不是的，姐姐。你总该比别人多了解我一些。我才和你已经说过，我是爱祖国的，尤其是东京。我好像是个病人，东京就好像是适于我养病的医院。我一旦离开它，我的生命，就容易发生危险……

敏子　原来你也是怕……

清子　死，我并不怕。可是，我不愿意死在外国，就是东京的郊外，我也不愿意。姐姐，我告诉你，我早就在东京找好了我那块地方。那里有树，有很大的草原。在草原上，还有一条小路。这条小路，是预备给崇天走来的。

敏子　你这样相信崇天吗？

清子　是的，有时我相信崇天不会忘我的！若是他一知道我的消息，他一定来找我。甚至，我想在我临死前，我总有看他一眼的机会。

（春田从第一门匆忙地上）

春田　姨娘，我姨父没有来吗？

敏子　什么事情这样忙？

春田　有要紧的事情，告诉他呀。

敏子　等一下。我问你，我劝你的母亲到中国去找你的父亲，你赞成不？

春田　……找我父亲，我还不赞成吗？

（向清子）妈，你应该去。假如能找到父亲，我们家里再没有什么忧愁了。

敏子　春田说得有理。

清子　不！

春田　妈，再不找到父亲，你的眼泪就快流尽啦！姨娘不要放她下船。

（春田从第一门匆匆地下）

清子　有春田到中国去，也就够了。我去反而没有什么用处。这些，我早就想好了，然后才决定的。不然，我要春田到中国去做什么？你总该知道，我是怎样舍不得他的呀。固然，也是为了要他帮助姨父做一部分事情。可是，仅仅这样的话，我也不肯放他走呀……

敏子　我看你这样挂念春田，还不如和他同去。

清子　姐姐，你别劝我吧，我不去的原因，我已经说得太多了。

敏子　我的意思是，你到中国去，若是找到崇天，一切都不成问题啦。

清子　若是找不到崇天呢？那我简直再生活不下去。我的身体，我的精神，都不容许我这样做。

敏子　我们自己不是还带了两个医生吗？让他们好好地保护你。

清子　医生，医生只能医治肉体，医治不了灵魂。

敏子　清子……

清子　（摇头）不，不！

敏子　若是崇天知道你这样，他也许不会原谅你，也许把你从前的好心当作欺骗。你以为不会吗？那就错了，男女间的感情，常常因为一点儿不谨慎断掉的。尤其是男人，很少能够原谅女人的……

（掌声与欢呼声压住一切声响。稍待，即见窗外被抛上来的彩色的纸条和小纸块。）

敏子　（脸色一变）一定是师团长到啦。

（宫本师团长，穿着呢质的军服和硬筒的皮靴。腰间佩着一把长柄皮鞘的日本式的战刀。胸前的左侧垂着一枚大勋位菊花章[①]，手上戴着洁白的手套。肩上带来一些欢送者的彩色的小纸和断了的纸条。他那微红的脸色，是说他在出征前的欢送席上喝过酒。他那稍稍有些朦胧的眼睛，是说他并非酒醉，而是被过分的工作所疲劳。他那健康而高傲的动作和气质，是说他仍然勉强地保持着负有神圣任务的一个将军所应保持着的最低限度的姿态。他那被约束的有时过于迟钝又有时过于机警的视觉和听觉，是说他为了藏匿或压制战争所引起的种种顾虑、不安、骚乱的心情，不得不显示军人的镇静）

（宫本辰雄，穿着日本式的小学生制服，戴着白色的手套。他的装束也并不次于一个模范军人的整齐。他带着一种被新的憧憬所波动的心情，受宠者过分的傲慢的脸色，跟随在宫本的身后）

（上霞副官，穿着呢质的军装。他在这种忙碌中，他的姿态比平时更觉

[①] 大勋位菊花章，是日本勋位最高的勋章。此章分两种。颈饰者仅授予天皇、闲院宫、西园寺等十数人。其次佩者，亦属难得。受次勋章者，也并不多。

呆板，单纯。有时候，他几乎不是骨肉、神经所组成的生物，而是近于一个被匠人造成的活动模型）

（他们三人带着一种威胁一切的气息，从第一门上）

（宫本向"祝出征"旗敬礼，辰雄随着也模仿宫本姿势敬礼。掌声与欢呼声停止，客厅内格外寂静）

（芳子从第二门跑上）

芳子　（亲切地）爸爸，你喝过酒啦吗？

宫本　（用眼角看了一下芳子）辰雄……

（宫本向第四门走去，辰雄随在他身后）

芳子　爸爸，你脸有点儿红呢。

辰雄　（厌弃地）去！

芳子　（受欺地）你管得着吗！不要脸，你以为只有你是爸爸的宝贝呀……

（宫本推开第四门随便望了一下又关闭，然后慢慢地从第三门下）

敏子　（不得已地）芳子去看看你姐姐。

芳子　（不服地）我不去。

辰雄　（蛮横地）你敢不去，你不去，我打死你，把你打到海里去！

芳子　妈，你看他，他是个强盗。

（宫本从第三门上）

（客厅内骚动的空气立刻较为平静而且严肃。）

宫本　（自语）这只船还可以。（向花瓶珍惜地整理一下）樱花就要开了……这花是该有几枝放在舱房里的。

（敏子取出几枝樱花苞，想送进房舱去）

辰雄　（献勤地）妈，（取过来）给我送去。（向宫本）爸爸，送到哪个房间？

敏子　（指第三、第四两门）这两个都是你父亲用的。

宫本　（指第三门）送到那里。当心些，把它插在床边。

（辰雄从第三门下）

宫本　清子，请坐。（微微地垂头）这次劳你送行，我非常感激。

（清子未坐，只是深深地还礼）

敏子　清子，坐下吧！

（清子仍未坐）

宫本　（冷静地）这次我们出国，把你和春野留在国内，我感觉非常不安。

敏子　我才劝清子随我们一起出国，免得过那寂寞的生活。同时，趁着这个机会，也可以探听探听崇天的消息，并且我想在中国可能找到崇天。不知阁下意见怎样？

宫本　如果清子同意，我是非常赞成的。（向清子）因为崇天不但是你的丈夫，也是我的一个老同学，老朋友，这十几年来，我也未尝不想念他。

清子　我相信崇天也必然不会忘记他的同学，他的朋友，也必然想念师团长阁下。

宫本　那我要说你到支那去，是应当的。

清子　可是……

宫本　你不愿意去，我也不能勉强你。那你有什么嘱托我的吗？如果有，我是非常欢迎，而且一定照办。

清子　希望师团长阁下多多保重身体……

（辰雄从第三门上）

辰雄　爸爸，我插得很好，就在你的枕头旁边。你睡觉的时候，还可以看见呢。

宫本　好孩子，你是我最欢喜的好孩子。（向清子）保重身体，固然是必要的。可是一个出征的军人，也不当有所顾虑。这次我到支那以后，地是我的床，天是我的被子，高山就是我的短枕……

芳子　（插话）爸爸，大海呢？大海是你的什么？

辰雄　大海是你的尿水！

芳子　妈，你看他。

敏子　该去看看姐姐啦，走，你随我去。

（敏子拖着芳子的手，从第二门下）

宫本　（向清子）所以拿破仑曾经说过，"我……我的习惯是睡在战场。"①

清子　希望睡在战场上的时间不久，很快能够回到国内来，同时希望师团长在战场上，少看见一些战死的尸身，不管是敌人的，还是我们的，他们都

---

① 一八〇〇年，当拿破仑在法国执政的时候，他对部下，有一天这样说：孩子们呀，你们要记得，我的习惯是睡在战场。

是同样的骨肉之躯!

辰雄　姨娘,你怎么要哭呢,你真胆小。你看我都不怕,这回我一定替爸爸多打死几个支那人,把他们的头砍下来,做足球!

清子　(劝阻地)辰雄……

宫本　"战争是创造之父,文化之母。"①的确,人是一种战争的资本。战争是免不了流血的。清子请你放心。"唯本军奉行大日本帝国之使命,夙欲确立东亚和平,增进中华民众福祉,以资实现日华两国唇齿相依,共享福庆之宏愿,除此之外,本军毫无他意矣。"②这是卢沟桥事变以后,我们光明正大的布告。清子,(从瓶中取出一枝樱花苞)我这次去支那最大的志愿,就是当我攻下一个城市的时候,我要种上樱花。当樱花开遍全支那的时候,就是我回来的时候。请你放心。(向上霞)上霞副官,准备运到支那的一百捆樱花树苗,立刻搬到船上来,派你负责保管,不许损伤一枝。

上霞　是!

（上霞从第一门下,敏子从第二门悄悄地上）

宫本　清子,方才你嘱托我的话,非常重要,但是我想最重要的,还是我替你找崇天的事情吧?

清子　(行礼,表示感激)这一定要请师团长阁下帮助。只有你的帮助,才使我感觉有一种希望。

宫本　这是我的义务,就像我替崇天负责你们十几年生活的义务一样。如果我这次找到崇天的消息,我立刻给你打电报来。

（米霞从第一门上）

米霞　新闻记者要访师团长阁下。

宫本　告诉他们在大餐间等候。

（米霞从第一门下）

宫本　(向清子)我去去就来。

辰雄　爸爸,我也去。

---

① 现在日本一般军人的惯语。

② 七七事变以后,日军占领每一个城市时,便给中国民众发出一张布告,其内容与九一八事变时,日军在东北发出的第一张布告相似。这是其中的一段。

宫本　不要去。

辰雄　（不高兴地）……

敏子　来，跟我来。

辰雄　不！

宫本　（亲爱地）来吧，（笑一下）来吧！

　　　（宫本，辰雄从第一门下）

敏子　这个孩子，累死他的父亲啦。

清子　那也是师团长阁下过分爱他的缘故。

敏子　是的，可以说这是他最爱的一个孩子。

　　　（芳子从第二门上）

芳子　妈，姐姐哭得更厉害哩。

敏子　有了女儿，就像犯了罪一样。

清子　让我去劝劝她。

敏子　不要，还是我去吧。对于子女的忠告，有时候是浪费的。真操心。

　　　（敏子从第二门下）

芳子　（向第二门）真操心，谁要你"犯罪"啦！

清子　（严厉地）芳子，不可以这样，对于母亲不可以这样！

芳子　（委屈地）姨娘，你只管说我，你不说一说春野。

清子　可是春野到哪里去啦？

芳子　他去看大阪的海水浴场。我说还不到游泳的时候，我不要他去，他不听，他走出去的时候，我追他，他还拿着拳头比量我。

清子　等他回来的时候，我一定说他，兄妹之间，也不可以这样。

　　　（春田从第一门匆匆地上）

春田　妈，姨父呢？

芳子　不在。

　　　（春田向第一门去）

清子　等等他，好啦！

春田　不行，我有要紧的事情告诉姨父。

清子　他现在正接见新闻记者，一会儿就回来。

春田　（退回）妈，到中国去，你决定没决定？

清子　我决定不去。
春田　我劝你去，劝你去找我爸爸。
　　　现在不知道为什么，我一天比一天想他，想得立刻要看见他。我这次所以要跟姨父到中国去的：一则是听你的话，帮助姨父，报答报答这十几年来姨父待我们的好处；二则是我也是想到中国找爸爸的。我不惜用我一生的时间，去找他。只要找到他，我就甘心啦。
清子　你爸爸若是听到你的话，他一定欢喜。你去吧，你到中国以后，你把你全部的时间分一半帮助你姨父工作，分一半去找你的父亲。
春田　你能去更好，不然把你留在国内我也不放心。
清子　不，我不去。
春田　妈，你总是这样子，你究竟为什么不去呢？
清子　不为什么，总之，我老啦，没有精力，我的生命，再经不住一次小小的失望。
春田　妈，你别说，你一说，我倒难过啦！
芳子　姨娘，连我都难过。
敏子　好孩子（安慰地）别难过，把难过都留给我。
春田　为什么都留给你……
清子　你是远行的，我没有什么给你的，只有给你一点儿欢喜。
芳子　你说什么？告诉我。
清子　你太小，你还不懂老年人，不要问。
芳子　不，告诉我。
春田　芳子，别再麻烦姨娘。
芳子　（望着第二门）姐姐来啦。
　　　（杏子带着痛苦以后的惨白脸色，从第二门慢慢地上）
杏子　（无力地，无感情地）姨娘你来啦。
清子　你的精神好吗？
杏子　谢谢姨娘，好的。
清子　你母亲呢？
杏子　她在整理房间。
清子　她真辛苦死，春田，走去看看你姨娘。

（清子，春田向第二门走去，芳子跟后面）

杏子 （可怜地）芳子，来，陪我坐一坐。

（清子，春田从第二门下）

芳子 （勉强地退回来）我怕你再犯神经病。

杏子 （难为情地）不会。（向窗一窗二的方向走去）来，到这边来。

（春田突然从第二门边伸出头来）

春田 芳子，一会儿你爸爸来时，你告诉我。

芳子 好的。

春田 不要忘记。

（春田从第二门缩回头去）

杏子 芳子，来，到这边来，来看看海上的春天（芳子随她走到窗边）你看，春天是绿的，海更绿的。

芳子 海整年都是绿的。

杏子 （恍悟地）啊，是的，海整年都是绿的，（望窗外自语）雾真大呀，好像天上的白云一样。啊，是涨潮的时候了。芳子，你看，海真大呀！（沉思片刻自语）一个人的寿命，比起海的年岁是太短了。短得像浪头一样。芳子，你看，那浪头有多久呀，一个起来，一个又落下去。芳子，你看那浪头一起一落有多么快呀！

芳子 这有什么看的，我不看。

杏子 （自语）快呀，真快呀！

芳子 姐姐没意思，你也别看吧，（移至窗三）姐姐，到这儿来看，那个女人穿着一件红花的和服，不是，是红蝴蝶呀，快来看，要走过去了！

杏子 （长叹一声）真快呀，快得像人生一样。

芳子 姐姐，你不来。到底走过去啦。（兴奋地）姐姐，你看那个督察捉住一个讨饭的。（不平地）呀，他踢了讨饭的一脚。

杏子 安静一点儿，不要吵！

芳子 （拖杏子过来）你看在那儿。你再看这边，有一群女人哭。她们怕羞吗？用手巾堵着嘴。姐姐，你说她们为什么哭？

杏子 （挣脱着）不为什么……

芳子 你别走，告诉我她们为什么哭。

杏子　（挣脱出来，回到原处。）不为什么。

芳子　（她的精神，被她所说的对象诱惑住。）不为什么，怎么哭啦呢？

杏子　（为了免得芳子骚扰）她们都是出征军人的眷属。

芳子　噢！可是出征军人的眷属为什么哭呢？

杏子　（耐不住地）麻烦死了！

　　　（宫本，辰雄从第一门上。杏子回顾一下，毫不在意地转过头去，仍继续外望。芳子从第二门跑下）

　　　（第二门外的声音）

芳子　春田哥哥，父亲来了。

　　　（清子，春田从第二门上）

春田　姨父，刚才警察署有电话给我，说根据今天的情报，有朝鲜的间谍和刺客，潜伏船上，意图不轨。

宫本　（尽量地保持着镇静）有多少人？

春田　不知道。

宫本　姓名？

春田　不知道……知道的确是朝鲜人！

　　　（敏子从第二门上）

宫本　间谍，刺客，好漂亮的名字。难道朝鲜人也有一个能够潜水的米勒①吗？（轻蔑地冷笑一声）朝鲜人（突然）朝鲜人都是猪！

清子　（焦急地）应当想个办法防备才是！

宫本　（给春田一手谕）春田去搜查随军的一切朝鲜人，朝鲜妇女慰劳班也在内。如果发觉有嫌疑的人，立刻送交当地警察署审问，如果搜出有证据的犯人，把他们拘留船上，由我亲自办理。还有在码头上除去各机关的代表以外，一切民众，甚至军人家属，一概禁止通行。（春田从第一门下）

敏子　危险呀，危险总是在我们身边。

清子　（决心地）现在我决定跟你们到中国去，我愿意我们生死都在一起！

---

① 米勒（E.C.MILLN），英国有名的游泳家，且善于潜水术。一九一四年被英国海军学校聘为潜水教官。欧战时，他常潜入海底，侦察德国被击沉的军舰中的秘密文件，后来成为间谍史上的一个不可磨灭的名字。

芳子　姨娘，你真去吗？
敏子　我们到房间里去谈谈。
清子　我就来。
　　　（敏子和芳子从第二门下）
清子　（向宫本）我决定到中国去。
宫本　希望你能够去。
清子　我一定去。
宫本　欢迎！
　　　（清子将去时）
宫本　朝鲜人，朝鲜人都是猪，猪是该死的！
杏子　（仿佛刚才发觉宫本的话声，愤愤地）爸爸，你才说什么？
宫本　做子女的，在父亲面前不能够随便发言，知道不？
杏子　做子女的在父亲面前发言，也并不是放肆，或者是冒渎……
宫本　你在我面前不能遵从我的话，立刻沉默，这就是放肆，这就是冒渎。
杏子　爸爸，你才说什么？朝鲜人都是猪？
宫本　住口！
清子　（退回）杏子不必再说，再说你父亲会生气的。
杏子　（理智地）做父亲的，在子女的面前，也不该像希腊神话中的亚沙玛斯①吧？
宫本　不许你在你父亲的面前，玩弄一些丑恶的名字。走开去！
辰雄　爸爸叫你走开，你就走开吧！
杏子　（向宫本）朝鲜人都是猪？你这是侮辱焕文。
宫本　我已经警告过你几次，在我的面前，不许你再说起这个帝国叛徒的名字，这不但侮辱我，也侮辱了大和民族。即使你不是大和民族的创造家，也不该是一个被□者……
　　　（芳子从第二门上）
芳子　姨娘，我妈叫你去有话说。

---

①　亚沙玛斯（Atlamal），希腊神话中的一个暴徒，曾以暴力掠夺一块地方，就了王位。其实不过是强盗城而已。

清子　你告诉她，等一下。（向宫本）不必多说吧。

宫本　对于子女的教训是父母的责任。（向杏子）青年人的恋爱，常常是生命的赌博，可是大赌博家，也常常空手走出赌场。何况你的对方，又是一个帝国的叛徒！

杏子　在你看来，他是一个"帝国叛徒"，在我看来他是一个革命家，政治家。

宫本　（愤怒地）什么？革命家政治家？卑鄙的东西，（暴怒地）艺术家是出卖自己的灵魂的，妓女是出卖自己的肉体的，革命家，政治家是出卖别人的灵魂和肉体的卑鄙东西。现在所谓的革命家，政治家，不过找来几个讨饭吃的穷小子，就说是群众。让他们替他效死，在别人的不幸里，寻找自己的饭碗和荣誉。卑鄙东西！

杏子　（愤怒地）爸爸，请你尊重一个受难的天才！

宫本　猪，天才的猪，猪都是该死的。走开！

杏子　好父亲……

辰雄　（向杏子）滚你的！

芳子　用不着你说话……

辰雄　（举拳头）你再说？

清子　芳子，去吧，告诉你妈等我一下。

（芳子从第二门下）

清子　（向宫本）请原谅，杏子她是个病人。

宫本　她早就应当死的，不死，也不过是一个猪的妻子。

清子　（行礼）请原谅我说，你这态度是不对的。

宫本　（用理智抑止不住意外的愤怒）清子，你要做我的法官吗？

清子　（谦逊的声调，强硬的态度）我不敢……

（敏子，芳子从第二门上）

清子　哼……不过，在这种情形下，我的良心要我说一两句公正的话。就是从此得罪师团长阁下，就是犯了什么大罪，我也情愿。（向敏子行礼）请你原谅我的"冒失"。

敏子　（为难地）我想师团长阁下很了解你的性情，（向宫本）请到房间休息休息吧！

宫本　希望你少说话。

芳子　可惜我们都不是哑巴！
辰雄　（举拳头）你再说话？
芳子　帮凶的！
　　　（宫本、辰雄从第三门下。杏子跑到敏子身边哭了）
杏子　（诉苦地）你看爸爸的脾气，总不讲理……
敏子　芳子才告诉过我，我都知道啦。你也到房间休息休息吧！
　　　（杏子从第二门下）
清子　（惭然地）姐姐，我又难为你啦。
敏子　你是知道我的，我什么都习惯啦。苦恼，辛苦，好像是我的嗜好。（兴奋地）你决定到中国去吗？
清子　我决定去。
敏子　我能够听到这句话，我真高兴。我祝你在中国会见崇天。
　　　（米霞拿着一些礼品，从第一门上）
清子　不是的，姐姐，我看你过于辛苦，我愿意同你一起受罪，而且刚才听春田说有朝鲜间谍和刺客潜伏船上，若是……姐姐，我愿意和你生死在一起，随便怎样，我都甘心！至于找崇天，倒是次要的。因为我想找一个十几年来没有消息的人，是很难的。若是为了找他，我不会去。这次去是我情愿的。（想想）不过，我的东西，都在东京没有带来……
敏子　东西是小事，只要你同我去，怎样都是好的！可是春野呢？
清子　让他也去。
敏子　当然的。可是他上哪儿去啦？
清子　芳子她知道！
芳子　他到海水浴场去啦！
敏子　这个孩子，太爱海啦，难怪学海军。（向芳子）你去找他立刻回来。
芳子　我不去找他！刚才他生我的气啦，他要打我呢！
敏子　胡说，他怎么要打你呢！
芳子　真的，他举起他的拳头比量过我。
清子　你去找他来，回来以后，让我给你出气，去吧！
芳子　说什么我也不去！
敏子　米霞，去找上霞副官，告诉他派一个人去找春野少爷立刻回来。

（米霞从第一门下）

清子　我去看看师团长阁下，他也许生我的气呢！

敏子　好的，我陪你去。

芳子　我去看姐姐！

敏子　（母性的报复）不用你去！

芳子　不去就不去，你想谁高兴去呢，哼！

（米霞从第一门上）

米霞　上霞副官已经派人坐汽车去啦！

敏子　啊！（向芳子）不听说的孩子。

（敏子，清子从第三门下）

芳子　米霞，我妈才说什么？

米霞　（故意地）你没有听见吗？

芳子　我听见的，可是我没有听清楚！

米霞　我好像没有听明白！

芳子　（打米霞）该死的米霞！

米霞　芳子小姐，你不要气，也不要麻烦我吧！我今天累死啦，胳膊都要累断了！去，去吧！

芳子　偏不去，不去！

米霞　（好玩地掏出钱夹）我给你钱，你去买糖果吃好吗？

（米霞打开钱夹，失望地注视着）

芳子　（嘲笑地）收起来吧，没有钱的钱包，是没有用处的。

米霞　没有钱的钱包，正像没有灵魂的女人，是一样没有用处的！

芳子　你说什么，你又骂我是不？你说！

米霞　我没有骂谁，不过打个比方就是了！

芳子　我知道，你比方我！

米霞　没有，没有，（低声地）我比方你姐姐。如果我比方你我就这样说，没有钱的钱包，正因为这样它才纯洁，纯洁得像我们芳子小姐一样！好不好？

芳子　（拖长声）好！

米霞　那么请芳子小姐帮助帮助我工作吧！好不好？

芳子　（拖长声）好！

米霞　来，（指堆在地上的物品）把这一篮一篮地摆起来，注意不要倒下去，打碎玻璃窗。

芳子　（翻开盖子）啊，苹果，大得很！（吃）米霞给你一个吃！

米霞　喂，芳子小姐，等等再吃呀，先把这些篮子摆好，摆得整齐一点儿，好看一点儿！

芳子　摆起来就算了，怎么还摆得好看一点儿，我不会摆！

米霞　摆得好看一点儿，摆得像你的脸一样！

芳子　（难为情地）不许你说，（笑了，不经意跌落一篮水果。）呀！

米霞　我真倒霉！

芳子　我再给你拾起来，怕什么！

（春野从第一门跑上）

春野　妈！（一见芳子，立刻避开。）……

米霞　春野少爷，（指第三门）你的母亲在那里！

春野　（喊叫）妈，我来了。

（清子从第三门上）

清子　我领你到中国去，春野。

春野　（高兴地）好啊！

芳子　姨娘，你领他到中国去，是真的吗？

清子　是真的。

芳子　哼！我劝你到中国去，你不去！（挑拨地）这回看你去不去？

春野　（突变）妈，我不去啦！

清子　怎么？

春野　（扯谎地）妈……再过两个月，等天一暖，就到我们海操的时候了。

清子　用不了两个月就可以回来的。

春野　妈……妈……我若是耽搁了怎么办呢？妈……我们是海军学校呀……都是军事管理的……妈，你不知道，严厉得很呀……想请假是不容易的……你……到中国去吧，我还是不去……今天晚上，我就坐快车回东京去上学。

清子　你以为这样我可以放心吗？请假的事情，由你姨父负责，去吧！

春野　有什么不可以放心的？再说哪个儿子能跟母亲一辈子呢！

清子　就是我放心你，你也放心我到中国去吗？

春野　那我有什么不放心的，反正哥哥总是要跟姨父到中国去，有他陪你也就够了！

清子　春野，你不该这样任性，任性是不好的。我这次到中国去，固然为了你姨娘，同时亦为了找你的爸爸呀！你很小就离开了他，到现在十几年了，难道你就一点儿也不想他吗？

春野　我怎么不想呢！（指腰间的手枪）你没看爸爸的手枪我总带在身边吗？

清子　你既然想他，你就该跟我去。春野，你哥哥的缺点，是愚鲁。你的缺点，是倔强，你的脾气要改好一些。不然，在社会上，将来没有生活的路子。

春野　（辩解地）我看见过那些好脾气的，像一条狗子在主人的背后一样，为了讨一口饭吃，随声附和，不敢有丁点儿的自己的主张；而且，用他的可怜，向别人夸耀，他已经忘记了他脸上的羞耻。妈，你愿意我是这样的一个人吗？我的脾气不好，我知道。可是我有男儿的志气，谁也不敢把我怎样……

　　　　（斜视芳子）我决不做别人的尾巴，我饿死可以！

清子　你是有骨气的孩子。我欢喜你的，也就是这点了。可是你不能把它发展到缺点上去，比方你对我这种不听话而且逞强的样子。好孩子，你不要在你的母亲面前做英雄吧，听我的话，到中国去！

春野　不……我一个人回东京，一到海操的时候，我就可以游泳了。

清子　什么？

芳子　姨娘，他要回东京游泳去。

春野　多嘴的东西，我游泳去，怎么的！

清子　不要吵，兄妹之间，是不应当吵嘴的。（向春野）你爱游泳，我是知道的，可是我问你，你爱你的爸爸，还是爱海水？难道海水比你的爸爸还可爱些？

春野　（软化地）妈……

清子　现在，是什么时代，儿子有了海水，就可以忘了父亲。若是你的爸爸知道，（指春野腰间佩的手枪）他一定用这支手枪打死你！

春野　妈……你别说吧！

清子　那你去吗？

春野　去！

芳子　（笑着跑过来）去吗？

春野　（矜持地）怎么的！

　　　（春野忍不住地笑了，芳子更笑了）

芳子　走！到甲板去看看！

春野　走！

　　　（芳子，春野临去时）

清子　不要再下船！

芳春　（同声）啊。

　　　（芳子，春野从第一门下）

清子　真是两个孩子！

　　　（春田从第一门上）

春田　妈，是你也去吗？（清子默认）好极了。师团长阁下呢？

　　　（米霞指第三门）

春田　（敲门）

　　　（宫本从第三门上）

春田　船上搜查完了，从朝鲜妇女慰劳班查出二十三个可疑的女子，从宣抚班查出十一个可疑的男子，二十六个嫌疑较轻的，已经交给当地的警察署办理，还有八个嫌疑较重的，挽留船上。等候姨父亲自审问。

宫本　如果樱花树苗，已经完全搬到船上，立刻命令开船！

春田　好！

宫本　开船时，你在外面代我向欢送人等表示一下谢意，再告诉那几个孩子不要在外面，以免有什么意外发生。

春田　（将去又返，荒唐地）我忘记告诉您了，本师团主脑部正等着姨夫开会呢。

宫本　告诉他们，等开船以后。

　　　（春田从第一门下。宫本开无线电后。从第四门下）

　　　（春野、芳子为了一种不同意的事情谈着，从第一门上）

芳子　春田哥哥也不说为什么……
春野　站在外面，又有什么要紧的！我早知道这样，我真不往中国去。
芳子　我现在也有点后悔哩！算了，来听无线电吧！（汽笛声响，跳着）开船了！开船了！春野，到窗子这儿看呀！
　　　（在掌声与欢呼声中，窗外飘上无数的彩色的纸条和小纸块，然后响了一阵纸炮声）
芳子　春野，你听，一点儿都不响。
春野　你等着声响的。
　　　（春野从第一门下）
芳子　米霞，他做什么？
米霞　我像你一样不知道！
　　　（几声响亮的枪声。除杏子外，均被惊出，宫本立刻闭住无线电。春野手握着手枪，从第一门上）
春野　（向芳子）响不响？
　　　（宫本表示愤怒，清子觉得负疚，米霞认为好笑，敏子感到安心，辰雄带着梦后的茫然，芳子不知如何）

（幕）

寒衣（独幕剧）

这是七七事变以后某年秋后一日的深夜，从北方靠近前线乡村某农家生活中遗漏下来的一段插曲。这插曲中的角色，是母子媳三人。母似有五六十岁，但由于她久病，她那憔悴了的脸色，更苍老些。总之，她的头发是白了的。子正在壮年的时候，他那强健的身体，便是他年岁的一个说明。媳仿佛已经有些衰老，但消磨她青春的，不是长久的岁月，而是过多的辛劳。当然，她们是贫穷的。比方一见她们穿的，就像一见经过战争的田地的感觉一样。至于她们住的，只能看到这样一部分：左侧中点掩不住风吹通至村路的房门，右侧稍前屋门上垂着的破旧的门帘，正面靠近左角一个破了窗纸的纸窗；其次炉灶，连接炉灶而长到右角壁边的土坑，坑上一条露出棉花的被子，地上残缺了的桌凳……和一些别的东西，有的为了风俗习惯，有的也为了必需。随便什么东西，没有一样不是揭露她们的贫穷和贫穷者的命运的。这插曲的开始，是这样的，母用棉被盖到腹部，在炕上倚壁而坐，媳坐在炕边，脚垂炕下。她们两人守着一盏孤独的油灯，各自缝着棉衣。但母不时地窥视媳。她似有什么隐秘的，藏在心底。屋内，是很静的。窗外吹过一阵狂风以后。

媳　（一边缝着，一边在自语）秋天一去，风就大啦，简直大得可怕。（并未注视母）妈，你冷不？若是冷，我再想办法烧烧炕。

母　（只是缝着，仿佛不曾听见什么）

媳　（静待一下，然后停下工作）妈，你冷不？我再到山上去拾点儿柴来烧烧炕吧？（扬起头来，见母缝衣时，怜惜地）夜这样迟啦，邻家早就睡觉啦……不让你做，你偏要做……（几乎哀求地）妈，你快歇歇吧！

母　（仍在缝着，病态地）我一年歇到头，做点儿活，又怕什么……我说你一句，你可别生气。你什么，我都中意，就是你这大惊小怪的真不好。

媳　妈，现在夜太迟啦。你听村里连声都没有啦。你这样下去，是受不住的。

母　你还不是一样陪着我吗？

媳　（不得已地）你不能比我，妈，你已经是一个老人啦。

母　老人还不如老狗吗？老狗在夜里还要守门呢。

媳　（被迫地）妈，你是有病的！你病得很重……

母　（反感地）你又说……又说这种话。

媳　妈，你惹我不说不行。不让你做，你偏要做，你的病，就是这样重起来的。

母　你又说……又说这种话，再不许你说！

媳　（故意矜持地）你越怕说，我越说。我还说……你真有病嘛，问问邻家谁不知道你病了三个多月，晕过去多少次，吓得我哭过多少次。前两天刚刚见好，你就做起活来，又把病做重啦。昨天，你晕过去的时候，你的手冰冷的，我一摸，吓死人啦……

母　（稍一停止工作，威吓地）我看你再说！

媳　（撒娇地）妈……（想夺过母手中未缝完的棉衣）那你别做啦！

母　去吧，别麻烦我。你看你又耽误我少缝好几针。

媳　哼，都是人家耽误你。你耽误人家少缝多少针，你就不说啦。（一边缝着衣服，一边威胁地）妈，若是你再做，我就还说，你怕听什么，我就说什么……

母　（自白地）我怕死。你就咒骂我死吧！

媳　（辩解地）妈，你可不能说瞎话。你病了这些日子，我侍候你，跑来跑去，送汤送药，从来不敢疏忽一点儿，我还能咒骂你死吗？问问邻家，你的媳妇待你怎样？

母　（随便地）邻家谁管你这家务事。

媳　那还有你的儿子呢！

母　那是他快要走啦。

媳　快要走啦，不是还没走吗？他在出发前，他还要回来拿棉衣服。等他回来的时候，我们问问他，他一定肯说一句公平话。

母　（故意地）哼，小孩子都懂得他媳妇比他妈更亲。

媳　（停下工作，羞愧地，制止地）妈……（诉苦地）幸而我做媳妇这几年，他没离过家，我一举一动，他都看得清清楚楚。可是现在日本鬼子打来啦，他就要出发啦。若是他出发几年不回来，不知道你要说我什么坏话呢。

母　好啦，好啦，你妈是有良心的！

媳　那你刚才说那些冤枉人的话。

母　（坦白地）若不，我怎么能缝完这条衣袍呢。（检视着棉衣的线纹，不自主地微笑了）

媳　（委屈地）你总是这样……（泄愤地）你做吧，管我什么事。你若是再晕过去，我连叫你也不叫。
母　（慈爱地）好孩子，别生气。你妈没有什么病，你妈还要活十年八年的。
媳　什么十年八年的？我看呀……
母　你看怎样？你看我这就要死，是不是？（缝起衣来，自语地）我告诉你吧，最快也得让我做完这件棉衣服。只要能够做完，随便怎样都好。
媳　要是病重起来呢？要是……
母　（停下工作，气愤地）要是死啦，我也安心！
媳　（懊悔地）妈，你别说吧，我怕听。
母　你惹我说的啦！
媳　（求恕地）我再不敢。（安慰地）妈，你的身体很好，别的老人比不上你。我看妈还能活得很久，很久！
母　（微笑地）对啦，这才是我的好媳妇。（缝起衣来）我这要活十年八年的呢！
媳　我看不止十年八年的，我妈是长寿的。（握住母手）可是你要好好地保养身体。妈，你该歇歇啦。你从早晨做到现在，没有歇过一会儿。也不要说老人家，就是我们年青的，也要累病啦。妈，你该歇歇啦。
母　好孩子，你让我快点儿做，做完我就安心啦。别打搅我，没有多少工夫啦。说不定你丈夫一会儿就回来啦，一回来，他就要出发，他不能再多等一阵的工夫。你知道不？军队的命令，比老人的话，还重要得多。（拖出手来，又要缝衣）
媳　妈，你歇歇，等一下，我替你做。
母　你自己的还恐怕做不完呢，你哪有工夫替我做。
媳　（指母手中的棉衣）这件就是做不完也不要紧，有我这一件，他也够啦。你摸摸，我这件的棉花很厚。这是用我一身棉衣棉裤做的，比你那棉袍改的暖得多。妈，你不信，你摸摸。只要他有这一件，就冻不着他啦。妈，你放心吧。我看，你那件还留给你自己穿吧。我们年青的不怕冷，可是老人没有棉衣服，就不能过冬。
母　孩子，你想错啦。你以为我这件也是给你丈夫做的吗？孩子，你不要只记得你的丈夫……
媳　（不服地）他也是你的儿子呀！
母　你说的对，母亲爱儿子，普天下都有这个道理。可是……人都是一样的骨肉呀！我爱我的儿子，我也爱别人，像我爱的儿子一样。
媳　（急躁地）妈，你到底是给谁做的？
母　（不耐烦地）说不定。

媳　这什么意思？

母　我是说，许多当兵的，都是没家的光身汉……我是说，把这件棉衣服，给你丈夫带去，哪个当兵的没有棉衣服，就把它给哪个穿。

媳　（反感地）说到现在，你还是给别人做的呀！（怨言地）我们都顾不了自己，还管别人呢！

母　（慈善地）好孩子，大量点儿，别那么狭小，像一条贪食的猪。

媳　（冲动地）我妈还要活十年八年的呢！（抢过母手中的棉衣）妈，我不让你用你的老命给别人暖和一下身体！

母　（悲惨地）给我，好孩子。你说得对……我爱我这条老命。可是我一想到那些不顾命的，又可怜的去打仗的人，我就忘掉自己。他们没吃没穿的，为的什么？（几乎哭泣地）还不都是为了不让日本鬼子欺负我们吗！孩子，你若是明白了这个道理的时候，你就该赞成你母亲啦。好孩子，给我，让我赶快做完。

媳　（固执地）不！

母　你又要气我吗？你想气死我吗？

媳　我从来也没气过你，怎么能气死你呢？（可怜地）可是，你把你这件棉衣服给了别人，冬天一来，你就要冻死啦！

母　（发气地）在我没说给别人的时候，你怎么不说话？你怎么不怕我冻死？哼，一听我说不给你的丈夫，你才想起怕我冻死，我真不知道你是什么心肝！

媳　妈，你别冤枉人。你忘啦吗？你一做的时候，我就劝你不要做，可是你不听。到现在，你反来怨我啦。

母　你敢和我吵嘴吗？

媳　（倔强地）我没有说错话，也没有做错事，我敢，我敢……

母　不许你说话，赶快还给我！

媳　（避开）不！

母　赶快……（一扑媳，从炕上跌下来）

媳　（惊极）妈……

母　（默然）

媳　（本能地哭起来）妈……（把母的棉衣，送进母怀）妈，我给你啦！（想拖起母，但拖不动）妈，起来……（再拖一次，依然）起来……

母　（默然）

媳　（不自主地跑向房门去，呼喊地）张大嫂……（媳从房门跑出，然后听见犬吠声）

声　（渐远地）张大嫂……

（窗外不住地响着风声）（子农夫装，随着犬吠声，从房门入）

子　（见母状，惊愕地）妈……（把母抱上炕去）妈，你怎么……（把手放在母口上一试，自语地）还没断气。（呼唤）妈，你怎么掉地下啦？

母　（微弱地）咽……

子　（走至屋门，揭开门帘）喂，你睡着啦吗？妈都掉下地啦。喂……
　　（恍然地）没有人？她上哪去啦呢？
　　（稍停）（媳随着犬吠声，从房门上）

子　三更半夜地，你上哪儿去啦？妈都掉地下啦。

媳　就是因为妈掉地下啦，我抱不动，才跑出去叫张大嫂，可是她已经睡啦。

子　妈怎么掉地下啦？

媳　她从早晨就做活，一直到现在，我劝她不要做，她也不听。你猜她说什么，她说，她说她的身体很好，这要活十年八年的呢。完啦，我就说你的病很重……

子　你看，你又忘记啦。我和你说过多少次，妈是要强的。她不愿意人家说她有病，提到她死，就像不愿意说别人有病，提到别人死一样。唉，你又说她有病，她一定生气，（并无责意）你待妈总是这样不周到……

媳　（气愤地）不周到，就不周到……

子　你和妈的脾气一样，还没有两句话，先就上火啦……喂，妈怎么掉地下啦？

媳　（索性地）我把她打掉地下的。

子　（劝解地）不要发脾气。

媳　我什么时候敢发过脾气，都是你妈发脾气，你总是说我不好，你怎么不劝劝她。你不是三岁两岁的小孩子，你看不出来吗？

子　少说两句吧，我一会儿就要出发啦，出发以后，还不知道多久才能回来呢！

媳　你就是一辈子不回来，也没有人想你！

子　（故意地）你就这样狠心吗？

媳　就是这样狠心！

子　不要闹，像一个小孩子似的，告诉我，妈到底是怎么掉地下的？

媳　你说这回怨谁？是怨我，还是怨你妈？

子　我还不知道是怎么一回事情，我怎能说怨谁。

媳　我一告诉你，你又该说怨我啦。

子　不，你说吧！

媳　那怨你妈，是不？

子　就算怨我，你说吧！

媳　不知道怎样，老人的脾气，个个都是古怪，你妈就是一个。你看，（拿起母未缝完的棉衣）她只有这一身棉袍，她把它毁啦。她说什么，预备给别人……

子　给谁？

媳　给你那儿当兵的光身汉。

子　（明了地）噢，这是她的老脾气。她就是这样人，比方，她可以不吃饭，可是她决不让一个讨饭的空着手走开。说起来，这也是好事，你该听她的话。

媳　可是她冬天穿什么呀？我们家里有地产，还是有房屋，还是你给我们留下多少钱？你说！哼，你一走，家里一点儿收入也没有，只靠一点儿存粮过日子，还有办法做棉衣服吗？

子　家里的事，有我管，你不要费心。

媳　我不要费心？你一走，你还管什么！

子　我无论如何，我也把每个月的饷钱寄回来呀！

媳　你别说什么饷钱吧，当兵的饷钱，还不如有钱人从衣缝漏下来的小钱，够你用就不错，你别说那些大话吧！

子　我没什么用项，只要有一口饭吃就够啦。喂，妈到底怎么掉地下的呀？

媳　对啦，只要你有一口饭吃就够啦，你再也不管家里这两个人啦。我和你说的太多啦，说也白费，一说你也有话说，你们女人懂得什么……

子　到现在，你还提这些话，我也不愿意离开你们，可是又有什么办法呢，日本鬼子一天比一天打近来啦，眼看就要打到我们这个地方，我不去当兵，难道等着日本鬼子杀死我们吗？

媳　别再说，别再说，这话我听得太多啦，我都听厌啦，什么都是你对，你对……

子　太久啦，我没有多少工夫，一会儿回去，领枪，领刺刀，领军衣，总之一个当兵的应该有的，我都要领。随后就出发啦，我没有多少工夫，你快告诉我呀，妈到底是怎么掉地下的？

媳　我不让她做棉衣，我抢下来啦，她一扑，扑了空。就是这样掉地下的。

子　唉……

媳　这还怨我不是？

子　我没说呀！不过……你让她做就得啦！

媳　你不知道呀？她的病就是因为尽快着做这件衣服又重起来的吗？

子　那你劝劝她，何必抢呢！

媳　你说话，总是那么容易，你知道，我的舌头都要磨破啦，她还是不听。

子　那你就不管好啦。

媳　我不是说过因为她有病吗？你愿意你妈累死吗？她说她还要活十年八年的呢。

子　她这一跌，比做一件衣服还要病得厉害，我想累死总比跌死好点儿。
媳　谁晓得她要跌下来呢，我要是晓得，我何必把好心当狗肺呢！
母　（渐高地）哼……
子　妈……
母　啊……
子　（向媳）妈的药呢。
媳　昨天就吃完啦。
子　那……倒一点儿开水来吧！
媳　（到炉边，摸一下水壶。）开水已经冷啦。
子　赶快烧热它！
媳　柴火烧完啦。
子　（近于斥责地）柴烧完啦，在早晨，你怎么不到山上打点儿来呢！
媳　（愤怒地）你只管说话！（忍不住地痛哭起来，诉苦地）你也不替别人想想。因为怕你冷，给你赶做这件棉衣服，从早做到晚，养鸡喂猪，打水烧饭，侍候病人，跑东到西，都是我一个人，还要上山打柴，一个人到底能有多少精力，（激烈地）你把人家当牛马不如呀！
子　现在做不完，不要紧。我出发的时候，就从我们门前的路上经过，我进来再拿也可以。（稍停一下）
子　（故意地）你再不去歇歇，我就把这件衣服撕坏啦！
媳　撕吧，这就是我费啦多少心做的，你忍心，你撕吧！
子　（故意抢那衣服）给我！给我！
媳　（避开，玩弄地。）给你！
　　（子追媳时，媳一笑，从房门下。）
母　哼——
子　（退回）妈……
母　（矇眬地）谁？
子　是我……妈，是我。
母　是你啊，……你把我的衣服拿那去啦？……赶快……赶快还给我……
子　妈，是我，是我！
母　（渐醒地）啊……是你……你回来啦！……（想挣扎坐起）你回来啦，好！……
子　（扶母坐起）妈，跌得很重吧？
母　什么？你问我什么？
子　你才跌下来，你不记得么？

母　胡说，我什么时候跌下去啦。你就要出发吗？

子　你觉得怎样？痛不？

母　我只觉得晕过一阵，（失常地）你放心，没什么，我的身体很好，还像廿六年前生你的时候一样，可是你爸爸身体就不行啦，所以他去世早。

子　（制止地）妈……

母　怎么，你不信吗？

子　妈，我信，我信，你的身体真好……

母　我想我还能活十年八年的，那时候我就看见你们的儿女啦。……可是你现在当兵去啦，……你就要出发吗？

子　不……

母　你是回来拿棉衣服的吗？

子　不是的。

母　（愤愤地）我的棉衣服呢？

子　（给母取过来缝完的棉衣）在这儿呢，妈。

母　那个坏东西，总是打搅我，若不我早就缝完啦。（缝起衣来）那个坏东西，她那去啦？你怎么不说一说她呢？

子　妈，你不要想错啦，她对你是一种好心，她怕你受累……

母　什么好心？那个坏东西！

子　妈，你不要再骂她，她已经够苦的啦。

母　比她更苦的，多着呢。可是像她这样的坏东西倒很少！

子　妈，你一定要骂她吗？那你还不如骂我吧！

母　你总是袒护你媳妇，我要是早知道你这样，我让你光身一辈子。不怪人家说呢，给儿子娶啦媳妇，母亲就失掉啦儿子。

子　妈，我待你有什么不好的地方吗？趁我还没出发，你说一说吧！

母　有……（针刺了手，忍痛地。）你别气我吧，针刺啦我的手……

子　（移过母手）我看看流血没有。

母　不用你看！

子　妈，给我看看。

母　就是流啦血，也不是你的，管你什么事。

子　（忍不住地）妈，你想逼我怎样？

母　你又和我发脾气吗？

子　（故意稚气地）妈，我那里有脾气……（检视母手）啊，出血啦……（试探地）妈，我想你该歇歇啦吧？

母　我无论如何也要在你走之前赶完它,你带去的时候,你看你们里边哪个人的衣服最少,你就把它给那个人穿。照妈的话做,(严肃地)听见没有?

子　我听见啦。

母　记住没有?

子　我记住啦!

母　(缝起衣来)好孩子……寒风一飐,天就冷啦……年青的人一受啦寒,就是一辈子的事。

子　妈,你慢慢做,不忙,我们出发的时候,要从门前经过,无论如何我也要跑进来看妈一次呢……不忙,你慢慢做,现在,我要回去啦。

母　好,你回去吧。

子　(走至屋门边)我要去啦。

声　等等……(媳从屋门上)

媳　我快做完啦。

子　出发的时候,我还要回来呢。(子从房门出)

媳　(追至房门边)回来,回来!

子　(子从房门入)什么事情?

媳　你把衣扣扣好,外面风大得很呢。

　　(子一边扣着衣扣,一边往房门出)(门外风声大作,媳倚在门边探望一刻,然后悄悄走回,缝起衣来。她缝时,不住地窥视母,有意劝阻她,但又恐不可能,任她工作,但又不忍,故甚踌躇。)

母　(自语)风真大呀……像一股杀气似的吹来吹去……不知有多少人都在风里遭罪呢。……

媳　(一面听□,一面温顺地。)妈,你少费点儿心思,还是先把你自己的被盖好吧。

母　有什么要紧,有房子里总比在风里好得多啦。

媳　(停下工作,给母盖着被子。)你要是一受风,骨头就更痛啦。(注视一下母缝的棉衣,□意地)。妈,你快看看,你怎么缝的,你怎么把领子缝在袖口上啦?

母　(凝视,惋惜地。)呀……白费啦许多工夫,缝错啦……幸亏我有个好媳妇,要不就错到底啦……(一边整理,一边咒骂地。)现在我还不如一条老狗有用处……从前做活是能手,谁不知道?可是现在……(打自己的头)我这不中用的老眼睛,你瞎啦吗?

媳　(拉住母手)不要打……不怨你的眼睛……不怨你的眼睛,你看你缝的针线,比我缝的好。

母　（高兴地）真是吗？

媳　真是，你不信，你看看。

母　（注视棉衣）这是我手巧□□（感叹地）我的手还年青……（打自己的头）可是我这对不中用的眼睛老啦，老啦……

媳　（安慰地）你的眼睛，也没老。我看你是太累啦。

母　太累啦……真的，我的头有点儿晕呢……

媳　妈，我说一句话，你别生气呀。

母　就好像我给你受过多少气似地，说吧。

媳　妈，我看你还是歇歇吧。

母　（反感地）我为什么要歇？为什么？

媳　你说你的头不是有点儿晕吗？

母　我的头有点儿晕？（沉静一下）不晕，不晕！等我晕的时候再歇。

媳　妈，你太要强啦。

　　（雨停，除去外面的风声，一切都是静寂的，母媳两人在静寂中又缝起棉衣来。）

媳　（忍不住地）妈，你太要强啦……

母　（已经晕去）

媳　妈，你还是歇歇吧。妈，你可不要生气呀！（等待一下回声）妈，你真生气啦吗？你怎么不说话呢？（又等待一下回声以后，停下工作，注视母。）妈，真听我的话啦。妈你若是歇，你就好好地歇歇呀。把头放好，这样你的颈子会痛的。（奇异地自语）喂，睡着啦吗？哪会这么快呢。（走近母呼唤）妈……你晕啦吗？……（自语）啊……她晕过去啦……（呼唤地）妈……

母　（朦胧地）啊……

媳　妈……你醒醒呀……

母　啊……（渐渐清醒地）啊……你叫什么……

媳　妈……

母　（清醒地）叫什么……邻家都睡觉啦……你别吵闹人家……叫什么……

媳　妈，你才怎么的啦？

母　没怎么的（缝起衣来），好像睡啦一小觉……

媳　不是的，你刚才晕过去啦。

母　也好像晕过一阵，啊，是晕过一阵。

媳　你还有多少没做完？

母　没多少啦，缝上领子就完啦。

媳　我马上就做完啦。你放下来，等我做完，我替你做。现在，你歇歇吧，妈，好不好！

母　不，你忙你的吧，我很快就做完啦。

媳　（检视母缝的棉衣）你看你一针大一针小地。还不如不做吧。

母　真的吗？

媳　真的，你看。

母　（注视）哦，可不是呢。怎么我的手也不中用啦？

媳　妈，你太累啦。

母　怎么我的手也不中用啦？（试缝，时手颤抖着。）啊，我的手……

媳　妈，你歇一歇吧，等我给你做。（缝起衣来）我马上就做完啦。

母　不，只要我还有一口气，我就要做完它。（缝起衣来）

　　（稍停，在风声中，有一种整齐而庄严的步声，渐渐响近来。）

媳　妈，你听是什么声音？

母　（不经意地）没有什么声音。

媳　（静听一下）妈，是他们出发啦。

母　是吗？

　　（那步声，从□外□过着。）

媳　是他们出发啦。

母　是他们出发啦……（急忙地缝起衣来）恐怕来不及啦……

媳　（为了使母安心而撒谎）妈，不是的，我听错啦。你不要忙，还是慢慢地做吧。

母　啊……你吓我一跳。

　　（稍停，在寂静中，风声伴着步声）

母　不对，外面是什么声音？

媳　是风刮落叶的声音。

母　怎么这样大呢？

媳　这雨天，你不出门，你没看见院里老树的叶子都落啦，落啦一地，风一刮起来，声音就特别大……（稍停一下）

媳　（缝完棉衣）妈，我做完啦，来我替你做吧。

母　不用你，我也快做完啦。

媳　还是给我做吧……

　　（子穿军衣全副武装从房门上）

子　（微笑地）妈……

母　（焦急地）啊……你出发啦，等等我，我这就做完。（赞扬地）我的儿子，现在真漂亮啦……
子　妈，我不能等，来不及啦……
母　怎么？
子　（因为媳的暗示）妈，好，我等你做完。
媳　（向子）给你，（把棉衣送给子）你穿好再去吧。
子　不，来不及啦。
媳　夜间很冷，你别冻着。
子　受冻的也不止我一个人，（指门外）你看谁穿棉衣服啦。
媳　（欲哭地）那我不是白做啦么？
子　怎能白做啦，等我们一停下来，我就穿上。走路一点儿都不冷。
媳　（温柔地）要走多少路呢？
子　那谁知道呀，（向母）做不完，也不要紧，给我带走吧。（稍待一下）妈，那我要走啦？
母　（不曾听见）
媳　（向子留恋地。）什么时候回来呢？
子　（不耐烦地）不知道！
媳　（气愤地）你看你那个样子，要走啦，你还发脾气……你一点人心都没有！
子　是你发脾气还是我发脾气！
媳　是你，是你！
子　（不高兴地）好，就算是我。（子从房门出）
媳　（忏悔地追至房门边）回来，回来！
子　（子从房门入）什么事情？（一想）我的衣扣扣好啦，你看。（媳由于过分的留恋，不忍一视子。子即刻从房门出。）
媳　（轻轻地自语）我的衣扣扣好啦……
母　（突然）我做完啦……孩子，你带去吧，带给没有棉衣穿的……（探望一下，然后向媳。）你丈夫呢？
媳　（无气力地）他已经走啦……
母　（受刺激后，立刻晕倒。）
媳　妈，还不迟，我给他送去。妈……
母　（气绝）
媳　（痛哭）妈，你死啦……（拿起棉衣）妈，我给他送去！你闭上眼睛吧！（媳从房门出）

（幕）

逃 避 者

时间　一年的夏天
地址　大都市外国租界的旅馆
人物　茶房、客人、难童、青年、歌者、报贩、侦探
舞台　是一间高贵而富丽的房间。其中冷气等装置，完全齐备。
开幕　舞台是空的。听见铁轮开门以后，茶房引导穿了睡衣的客人走进来。
茶房　请您再看看这个房间。
客人　嗯……
茶房　我刚才所说的，就是这个房间，先生。
客人　这就是你刚才所说的吗？
茶房　是的，先生。我刚才所说的，就是这个房间。请您再看看满意不。
客人　嗯……这个房间吗……
茶房　这个房间，我想是您最满意的吧。
客人　最满意的？
茶房　因为这是一个非常安静的房间。这边的窗外，是一片坟地和一些死水池。那边的窗外，只有一条荒凉的马路。门外呢，就是过道的转角，除去到厕所的，很少有人经过这里……
客人　什么……厕所？
茶房　是的，先生，这旁边有一个厕所。
客人　噢……你怎么不早说呢！
茶房　我知道先生，您是非常爱安静的。我想，厕所总比一个房间要安静点儿，因为人在便溺的时候，总比吃饭会客的时候安静得多。不是吗，先生？
客人　我知道，我知道。噢……怎么有一个厕所呢？
茶房　除去厕所，这个房间差不多是个独房。有我们旅馆里，可以说这是最安静的房间了。我以为最清高的古庙，也不过这样。
客人　还有没有另外的房间？

茶房　先生，我已经说过，我们旅馆里，再没有一个房间能够经得上它安静。另外的那些，就像您现在住的那间一样，前后左右都住满客人，整天是吵吵闹闹的，好像是老鼠和猫在一起的时候。

客人　哼，到处都是吵闹的，不是母亲打孩子，就是丈夫骂妻子，不是哭，就是叫，总之，不让你安静片刻。噢……这是临到什么时代了……

茶房　先生，这打仗的年头，和常时不同。比方，这租界上的人口，比从前添了许多。就说难民吧，到处都是。租界本来就是吵吵闹闹的，这样一来，就更厉害了。不过……我想住在租界上总比较好点儿吧？第一，你不必逃难。第二，你有保障。第三，你免受空袭。就是免不了吵闹一点儿。

客人　这一点，已经够了，够了。噢……这世界一天比一天变了，变到现在，简直找不着一块安静的地方。你想休息吗？想睡点儿安静的觉吗？不要想，永远是疲倦，疲倦……

茶房　先生，我看还是忍耐一点儿吧。若不，还有什么法子呢！

客人　……这样变下去，不知道要变到什么地步为止。将来，人也许不死于疾病和意外不幸等，而死于吵闹之中了……

茶房　先生，您对这个房间有意思没有？

客人　……那时候，世界上什么都没有了。有的，只是骚扰和不安！

茶房　先生，您对这个房间有意思没有？还是快点儿决定吧。

客人　还有比它安静的没有？（茶房摆手）……你们旅馆不是有很多的房间吗？

茶房　因为避难的人，也是多呀！这个房间，若不趁早定下，一转眼就有人搬来啦。……先生，您不信吗？

客人　噢……我知道。

茶房　那就赶快决定呀。

客人　你别忙，让我再想一想。

茶房　先生，您想，我就麻烦了。您知道，我是没有工夫陪着您的。

客人　噢……

茶房　先生，我劝您听我的话，先搬到这房间试一夜。等到明天早晨，若是好，就住下去；若是不好，我们不妨再调换一个……

客人　调换……已经调换七八个了。哼，几乎一天搬一次家。

茶房　那么明天只有请您去找别的旅馆了。不过……想找到比我们这儿更安静的地方，也是很难的。先生，这是实话。

客人　难道所有的旅馆都是吵闹的？

茶房　先生，我告诉您吧，这里的殡仪馆都不安静，还说什么旅馆呢……

客人　你说什么？

茶房　嗐……我比方错了。我是说，现在是个吵闹的时代，哪里能够安静？以我看呀，我们这儿就是最安静的！先生，您不信吗？请先住一夜，明早您就信了。我去把您的东西搬过来吧？（客人摇头）那还是住在原来的房间吗？

客人　不能。那个房间，我再住一分钟也不能！（稍停）去，还是搬过来吧！

茶房　我想还是搬过来好。（茶房下）

　　　（街上的汽笛声，卖报声，吵闹声……）

　　　（茶房取来西服、帽、手杖及杂物等。）

客人　噢……

茶房　咦？

客人　噢……这个房间，简直不能住！

茶房　……什么？

客人　我说这个房间，简直不能住，不能住下去！

茶房　您的意思……您的意思，是说还搬回去吗？

客人　不是的！

茶房　这儿既不能住，又不搬回去，那怎么办呢，先生？

客人　我要你立刻再给我调换一个房间。

茶房　那我也没法子想啦。给您调换一个，您不满意一个。再给您调换一个，您又不满意一个……

客人　你想想法子呀。

茶房　这让我有什么法子想呢。

客人　噢……

茶房　究竟是怎么一回事，您说呀！

客人　你听一听吧！（稍停）这汽车声，吵闹声……能够让我安静一会儿吗？

茶房　嗐，这有什么要紧……（关起窗子）您看，关起来，就好啦。

客人　嗯……还好，还好。……可是这样热的天气，关起窗子，也要闷死。

茶房　等一下马路安静下来的时候，再把窗子打开呀。

客人　我是说现在。

茶房　现在？……现在这房间有冷气，一点儿也不热呀。

客人　我是说空气不流通，你懂吗？

茶房　……那先把门打开，好吗？

客人　好的，先把门打开吧。（茶房开门以后）嗐，好，好极啦。你去吧。（茶房下）

客人　（客人安静下来，开始休息）……这个房间，的确还好。……噢……比起那几个房间安静多啦。……是的，安静多啦。我要在这儿住下去，住一个长的时间。……不过……有一种气味……噢，厕所的气味……不要紧……还好……

（难童上）

难童　先生……

客人　噢……我是不吃烟的。

难童　先生，你买一包吧！

客人　我说我是不吃烟的。

难童　你的朋友也不吃烟吗？

客人　我的朋友吃烟，他自己可以买呀。

难童　那你就不预备一包烟招待朋友吗？

客人　我从来不给朋友预备烟。

难童　那你买一包救济救济我们难民吧！

客人　别麻烦我，好不好？

难童　……你买一包吗……买一包……

客人　不买！

难童　为什么不买？

客人　喂，你倒厉害起来啦。我为什么不买，我不吃烟呀。你卖烟，你要去卖给吃烟的人，懂吗？

难童　不懂，不懂！偏卖给你！

客人　你卖给我，我没用处啊。……我真不买。

难童　不买不行，非要你买不可！买一包……一包……一包……

客人　好啦，别吵！……（给钱）我买一包，买一包，去吧！

（难童下）

客人　（客人想扣起门来，但门扣已坏）茶房，茶房……（客人下）

（穿着褴褛服装的青年，被追得无路可逃似的跑上。然后，仍是无处可避似的，穷贼似的藏进床下去）

客声　茶房……（客人上）

客人　（在门边）来！（茶房上）

茶房　先生……

客人　把这个门的钥匙给我。

茶房　好的。（交出钥匙）（茶房下）

（客人正锁门时，突被推开，歌者上）

歌者　……我不当心……对不起……对不起……请您原谅……

客人　进来也要先敲一敲门，给主人一个通知呀！

歌者　……我没有知识……我是不懂礼貌的……请您原谅……

客人　你是个做什么的，这样随随便便地走进来？

歌者　我吗？……嗯，我无非是一个倒霉的人，倒霉的人。

客人　真是莫明其妙！你倒霉你到我这儿来做什么！

歌者　哼……到您这儿来，哼……无非给您找点儿麻烦。

客人　你说得明白一点儿！

歌者　……没有什么。嗯……先生一个人住在这儿吗？……一个人免不了冷清点儿吧？……我想免不了……

客人　你到底是做什么的！

歌者　没有什么。我不过给先生解解寂寞……（从布袋掏出胡琴）

客人　收起来，收起来！

歌者　人在外，常是感慨万端。先生，您若是思想家乡，我就给您唱段玉堂春。您若是沉迷花街柳巷，我就给您唱段四郎探母。随您便，好不？……怎么不高兴啦，我说过，随您便。若是玉堂春四郎探母都不喜欢，就换一个别的呀。……随便您点，您点什么，我唱什么。（试琴以待）

客人　够啦。你饶了我吧！

歌者　喂，先生，您怎么生气啦，何必呢。唱得好和不好，请您多多指教。来段四郎探母吧？

客人　我从来不听唱！去……

歌者　先生……哪个人也免不了倒霉的时候。秦琼还卖过自己的马。……先生，请您赏赏光……（再试琴）

客人　（给钱）好啦去吧！

歌者　谢谢您。（歌者下）

（客人立刻锁起门来，然后松了一口气。他渐渐地安静下来，又开始休息。但窗外的骚音，门外的脚步声起来。他不安地拉起窗幔，设法堵塞一切缝隙，甚至门上的锁孔。稍稍安静以后，他闭了灯，上床准备睡觉）

（青年从床下往外爬着）

客人　噢……闷死啦……一点空气没有……不行……不行……

（客人起来找了一把扇子，又躺下）

（青年再向外爬的时候，客人仍觉闷热，想开窗子）

客人　……一定要打开窗子……只要通通空气呀……（客人下床的时候，突然踏了青年的腿）喂……是什么……（青年缩进床下去）什么东西……（开灯）没有什么呀！可是刚才我的脚踏了什么东西？奇怪！……（去揭床单）噢……有人……有人……

青年　（青年很快地爬出来）是我……

客人　你是什么人？

青年　我……我……

客人　我知道啦。原来是个小偷。……吓死我啦，你这个东西。我……我恨不得把你送到官厅去。

青年　……你受惊了吗？

客人　我神经衰弱，你知道不？

青年　先生，我对不住你，请你宽恕我这一次吧！

客人　……好的。我怕骚扰，不和你找什么麻烦。便宜你这一次，你去吧！（开门）咦……你怎么站着不动呢？……赶快走！如果你碰到别人，就没有这样客气了！好啦，趁快走吧！

青年　我知道。

客人　你既然知道，你就赶快走呀！

青年　不过……

客人　还谈什么，赶快走！

青年　朋友……

客人　什么？

青年　朋友，你放我走吗？

客人　谁还愿意和你开玩笑呢！

青年　可是，你不能撒谎，假如你对不住我的时……

客人　你这个小偷，怎么反而教训起我来。你总该知道，我们彼此是什么关系吧？哼，岂有此理！

青年　我并没有这样的意思。

客人　你并没有这样的意思……你看你对我这副神气，摆来摆去地，像什么样子！在这个房间，难道你比我还有权利吗？真是笑话！

青年　不是，朋友。

客人　站得远一点儿。谁是你的朋友？这简直是侮辱！

青年　我是说……

客人　别啰唆，啰唆什么。我这就要睡觉啦，你赶快走吧！

青年　我走，当然是要走的。

客人　那你还等着什么！

青年　不过……我有几句话说。

客人　……说吧，赶快。

青年　嗬……嗬……我……我想请你帮帮忙……

客人　咦，你在我的面前，已经犯过罪啦。我不但没有报复，而且放你走。可是，你又……

青年　你不该这样说。你要宽大些。

客人　难道我还不够宽大吗？这简直……简直……噢……你对于一个傻子，也不应当这样吧？是吗？

青年　我想一个人可以帮助别人的时候，也未尝不可帮助一下。不是吗？我还想……

客人　噢……你别想啦……（给钱）别打搅我，去吧！

青年　谢谢你，我不要。

客人　咦……你要什么？

青年　我要你一身衣服。……这身西装就好。

客人　你这个小偷，真有点儿奇怪。你知道不？……我再说一遍。你在我的面前，已经犯过罪啦。我不但没有报复，而且放你走。你不走，还要我帮忙，我就给你钱。可是你又不要钱，要我的西装。你想想看，人与人之间，还有没有道理可讲？让你自己说。

青年　我不过想借用一下而已。

客人　你去找你的朋友借，我不是你的朋友。这一点，你总该知道。

青年　我……

客人　别再说什么，立刻从我的房间滚出去！

青年　希望你不要生气。

客人　希望你立刻滚出去！

青年　我不能再耽搁下去。是的，我马上就走啦……

客人　噢……

青年　我所以还不走的，是因为我有说不出的苦衷。假如你高兴听，我不妨和你讲一讲。……请坐，请坐，让我们谈谈。……嗬，怎么不坐下？还生气吗？……不必吧，请坐。我们谈一谈，你就会了解我啦。并且你一定会伸出手来说你是我的朋友哪！……请坐。……怎么？……这几天来，天气真热，热得几乎要把人闷死。……这壶里还有水吗？我渴极啦，

　　　　（喝水）请坐……坐下谈比较方便些……
客人　我已经听够啦！你要我的衣服，你穿去吧，让我安静安静。
青年　谢谢你，谢谢你！（换衣）
客人　少说两句话吧，赶快穿起衣服走！
青年　……短了一点儿……腰又宽了一点儿……不舒服……难受极啦……唉……一点儿不合身……
客人　因为不是给你定做的缘故，请你原谅一点儿，沉默一点儿。
青年　对不住。（试帽和手杖）这也可以借用一下吗？
客人　随便你用什么。只要你不嫌它丑，你就用吧。
青年　谢谢你。在明天，一定有人给你送回来，同时，把我的衣服也取去。
客人　你的东西，你都带去吧。我并不想要什么东西作押品。
青年　现在，我不便带走。还是先放在你这儿吧。明天一定有人来……
客人　你高兴怎样，就怎样。一切都随便你。……现在可以走啦吧？
青年　可以走啦？
客人　那么再见。
青年　请你十二分原谅，最后我还有一点儿小要求……
客人　哼，"小要求"……你知道我的癖性啦？我越爱安静，你越要麻烦我！如果你故意为难，那我也就不客气啦！
青年　不是这样，你听我说。
客人　你还说什么！
青年　我只要求你把我送到旅馆的门外……
客人　把你送到旅馆的门外？茶房，茶房……
青年　不要乱叫！
客人　我连自由也没有了吗？哼……茶房……
青年　（掏出手枪）不许你动！把声音放低点儿。……没有别的，你要不要怕。朋友。……还是要求你把我送到旅馆的门外，像一个客人送走另外一个客人似的。然后，我就放你回来。那时候，你可以睡安静的觉了，朋友。
客人　送到门外……像一个客人送走另外一个客人似的……这是做什么？
青年　没有什么……你不要怕！
客人　不，我想彻底知道知道你究竟有什么企图，请你一起提出来吧，免得一次又一次地麻烦我。哼，麻烦到现在，你还掏出手枪来啦！
青年　我再没有什么，只是这点儿最后的要求。
客人　不，我一定要知道究竟是怎样，你究竟是要做些什么？

青年　这很简单，许多人都知道的。
客人　你可以给我解释一下吗？
青年　（看看手表）对不住，我没有时间了。不过，你自然也会明白……朋友，请你送我走吧。
客人　就送到门外吗？
青年　是的。
客人　送到门外以后，你还有什么花样呢？如果还有，那就请你现在说吧。
青年　没有别的。请你放心，朋友。
客人　……不必客气了，走吧。（青年一停）噢，又要怎样？
青年　没有什么……（从自己的衣袋里找出纸烟和火柴来）我想吃一支烟。……走吧。（青年和客人下）
　　　（门开着，报贩上。）
报贩　晚报，晚报……先生，看不看报？……咦，没人呀！
　　　（茶房上）
茶房　去，你不知道没有人吗？
报贩　我若是知道没有人，我还来卖报吗？
茶房　去，去……
　　　（报贩下）（茶房下）（侦探上）
侦探　……没有人在？……
　　　（茶房上）
茶房　请问您找谁？
侦探　我是来访问朋友的，你去吧。
茶房　他刚才出去。
侦探　他到那儿去啦？
茶房　好像是送朋友去的。也许马上回来……不过，我不敢说一定。
侦探　嗯……
茶房　有什么事情，我可以转告他吗？
侦探　不要紧，我等他一下。你去吧。
　　　（茶房下）
侦探　……怎么没有一个人呢？……是这个房间吗？（开门看一看门外的号数）对呀，那个人告诉我房间的号数，一点儿没有错。……他也许记错啦。……不会，不会，他知道他自己是做什么的。也许……
　　　（侦探下）（稍停）（客人上）

客人　（进门先检视床底一下）……噢，我要安静安静，可是总不让你安静！……这是什么世界！……噢，倒霉，今天晚上最倒霉！……噢，闷极啦……（打开窗子）……真舒服！（突然去锁起门来）噢……现在都静下来啦……现在，世界是我的了……（有推门声）咦，这个家伙又回来啦！……谁？（推门声）又是谁？……谁？……走啦？好，不管是谁，我谢谢你。……能够安静一下，真是不容易！……（敲门声）谁？

房声　是我，先生。

客人　茶房吗？

房声　是的，先生。

客人　我刚才安静下来，你又要做什么？

房声　有事情，先生。

（客人开门，茶房上。）

客人　有什么事情，说！

茶房　有位朋友，来访您。

客人　我谢绝一切客人，你告诉他。

茶房　他说他为了紧急的事情，来见您的。我想应当见一见他。若是耽搁了什么事情，可不值得。您想呢？

客人　……嗯……要他进来吧。

茶房　（开门）请您进去。

（茶房下）（侦探上）

客人　……咦……我并不认识你呀……

侦探　你说得对。我也并不认识你……

客人　既然不认识，你怎么可以冒充我的朋友……

侦探　我因为刚才推门，推不开，你知道不？……没什么要紧的，不必这样惊慌。

客人　惊慌？今天晚上，我简直是怕啦？

侦探　我不过打听一点儿事情。

客人　这又是什么事情？……我告诉你吧，我还有一身衣服，你要穿，你就穿去……要我送你到门外，我就送你到门外……

侦探　这是什么意思？

客人　不要管。你有什么事情，你就说吧，我听着。

侦探　请问你是这里的主人吗？

客人　有什么事情，你尽量说！

侦探　刚才到你这房间来过一个人,现在,他在那儿?
客人　他已经走啦!
侦探　别骗我……
客人　这是真的,是我送他走的!
侦探　……嘀,是你送他走的,好!你把他送到那儿去啦?
客人　我把他送到门外。
侦探　他到那儿去啦?
客人　那我不知道!
侦探　哼,别装糊涂吧。原来你们都是同样的家伙!
客人　我……我什么都不知道呀!
侦探　你不知道……你不知道他是抗日分子吧?……
客人　什么……抗日分子?
侦探　不许你声张!
客人　笑话……
侦探　住口,随我走!
客人　随你到什么地方去?……哼……
侦探　要你到什么地方去,你就到什么地方去,走!
客人　这是租界地,租界地,你知道不?
侦探　你知道不?(掏出手枪)这是什么?

（幕）